Natalie Babbitt

# Das Gebetbuch des Teufels

Geschichten
aus der Unterwelt

Mit vielen Illustrationen
von Tatjana Hauptmann

Aus dem Amerikanischen
von Angela Scharf

Carl Hanser Verlag

Titel der Originalausgabe: *The Devil's Storybook* und
*The Devil's Other Storybook*, 1974 und 1987 Farrar, Straus &
Giroux, New York

1 2 3 4 5    98 97 96 95 94
ISBN 3-446-16585-1
© Natalie Babbitt 1974 und 1987
Alle Rechte der deutschen Ausgabe
© Carl Hanser Verlag München Wien 1994
Satz: Reinhard Amann, Aichstetten
Lithos: Wartelsteiner GmbH, Garching
Druck und Bindung:
Friedrich Pustet, Regensburg
Printed in Germany

# Inhalt

Wünsche
7

Eine überaus hübsche Dame
14

Die Harfen des Himmels
21

Das Teufelskind im Körbchen
35

Nüsse
44

Ein Palindrom
47

Asche
55

Perfekt
63

Die Rose und der Unterteufel
66

Die Macht der Sprache
76

Die Wahrsagungen der Madame Organza
87

Gerechtigkeit
93

Der Soldat
100

Eine Bootsfahrt
104

Wie Akbar nach Bethlehem zog
111

Der Wegweiser
118

Lektionen
124

Fall und Aufstieg
eines Mannes namens Tauchbein
129

Eine deutliche Sprache
138

Das Ohr
146

Bio-Bibliographie
157

# Wünsche

Eines Tages, als in der Hölle überhaupt nichts los war, kramte der Teufel in seinem Sack mit Verkleidungen, machte sich als Gute Fee zurecht und kam hinauf in die Welt, um zu sehen, ob er nicht jemanden ärgern könnte. Er wanderte die erstbeste Landstraße entlang und begegnete bald einer griesgrämigen Bäuerin, die mit einem schweren Bündel Weidenruten auf dem Rücken dahergestapft kam.

»Guten Morgen, meine Liebe«, sagte der Teufel mit seiner allerbesten Gute-Fee-Stimme. »Schöner Tag heute, nicht wahr?«

»I wo!« sagte die Bäuerin. »Einen schönen Tag hat es auf der Welt seit zwanzig Jahren nicht mehr gegeben.«

»Schon so lange nicht mehr?« sagte der Teufel.

»Schon so lange nicht mehr!« fauchte sie.

Nun war es an jenem Morgen des Teufels Plan, sich dadurch als Quälgeist aufzuführen, daß er Wünsche gewährte, und er beschloß, dies sei die passende Gelegenheit, um damit anzufangen.

»Schau her«, sagte er zu der Bäuerin, »ich will dir einen einzigen Wunsch gewähren, ganz gleich, was es sei, es soll dich nur aufmuntern.«

»Einen einzigen Wunsch?« fragte die Bäuerin.

»Einen einzigen!« antwortete er.

»Von mir aus«, sagte die Bäuerin. »Hier ist mein Wunsch: Da ich nicht an Gute Feen glaube, wünsche ich mir, daß du dich dahin zurückscherst, wo du hergekommen bist, und mir meine Ruhe läßt.«

Dieser Wunsch erwischte den Teufel sozusagen auf dem falschen Fuß, und ehe er sich's versah, war er mit einem Plumps in seinem Thronsaal in der Hölle gelandet. Als er sich wieder aufgerappelt hatte, sträubten sich ihm die Haare vor Wut.

»Na schön«, sagte er zu sich, »früher oder später sehen wir beide uns wieder.« Und er eilte zurück in die Welt, um nach einem anderen Opfer Ausschau zu halten.

Die nächste Menschenseele, der er begegnete, war ein alter Mann, der unter einem Baum saß und ins Leere starrte.

»Guten Morgen, alter Mann«, sagte der Teufel mit seiner allerbesten Gute-Fee-Stimme. »Schöner Tag heute, nicht wahr?«

»Einer von vielen«, sagte der alte Mann. »Einer von vielen.«

Dem Teufel gefiel diese Antwort überhaupt nicht. Sie klang ihm zu selbstgenügsam.

»Schau her«, sagte er zu dem alten Mann. »Ich will dir einen Wunsch gewähren, einen einzigen, ganz gleich, was es sei, doch ich errate schon, wie dein Wunsch lauten wird.«

»Und wie wird er lauten?« fragte der alte Mann.

»Nun«, sagte der Teufel, »da ich sehe, daß du dich dem Ende deiner Tage näherst, vermute ich, du wünschst dir, wieder ein Knabe zu sein.«

Der alte Mann zupfte eine Weile an seinem Schnurrbart und sagte dann:

»Nein, das nicht! Es war schön, ein Knabe zu sein, doch nicht immer.«

»Dann«, fuhr der Teufel fort, »wirst du dir wünschen, wieder ein junger Mann zu sein.«

»Nein«, sagte der alte Mann. »Es war schön, ein junger Mann zu sein, aber dennoch – es hatte auch seine Schwierigkeiten. Nein, das wäre nicht mein Wunsch.«

Der Teufel wurde allmählich ungehalten.

»Nun denn«, sagte er, »bestimmt aber wünschst du dir, noch einmal in der Blüte deiner Jahre zu stehen, als ein kräftiges Mannsbild in den Vierzigern.«

»Nein«, sagte der alte Mann, »das würde ich mir nicht wünschen. Es war gut, vierzig zu sein, und es war gut, fünfzig zu sein, doch jene Jahre waren auch häufig beschwerlich.«

»Welches Alter möchtest du dann haben?« belferte der Teufel, der schließlich die Geduld verlor.

»Warum sollte ich mir irgendein anderes Alter wünschen als mein jetziges?« sagte der alte Mann. »Es war deine Idee! Eine Zeit ist so gut wie die andere, und übrigens auch so schlecht. Ich weiß zwar nicht was, aber wenn ich wirklich einen Wunsch frei hätte, würde ich mir etwas anderes wünschen.«

»Zerbrich dir nicht den Kopf«, sagte der Teufel, »ich hab's mir anders überlegt. Du hast keinen Wunsch mehr.«

»Ich hatte auch vorher keinen, denke ich«, sagte der alte Mann und begann, wieder ins Leere zu starren.

Der Teufel knirschte mit den Zähnen, und Rauch quoll ihm aus den Ohren, doch er setzte seinen Weg fort, bis er auf einen eitlen jungen Mann traf, der, fesch gekleidet, auf einem großen braunen Pferd ritt.

»Guten Morgen, junger Mann«, sagte der Teufel mit seiner allerbesten Gute-Fee-Stimme. »Schöner Tag heute, nicht wahr?«

»Allerdings, verehrte Dame«, sagte der eitle junge Mann, zog seinen Hut und verbeugte sich aus dem Sattel heraus.

»Nun denn«, sagte der Teufel, »du bist ein so hübscher junger Mann, daß ich dir gerne einen Wunsch gewähren möchte. Einen einzigen, ganz gleich, was du möchtest. Wie findest du das?«

»Einen Wunsch?« rief der eitle junge Mann und senkte den Hut. »Ganz gleich, was ich möchte? Und er wird wirklich in Erfüllung gehen?«

»Wird er«, sagte der Teufel lächelnd. »Was wünschst du dir?«

»Ach, du meine Güte!« sagte der eitle junge Mann. »Ganz gleich, was es sei! Ich könnte mir wünschen, reich zu sein, nicht wahr?«

»Das könntest du«, sagte der Teufel.

»Andererseits könnte ich mir auch wünschen, daß sich alle jungen Mädchen in mich verlieben«, sagte der eitle junge Mann, der allmählich in Eifer geriet. »Oder ich könnte mir wünschen, der Kronprinz zu sein. Oder gar der König! Ich könnte mir sogar wünschen, die ganze Welt zu beherrschen, was das anbelangt.«

»Das könntest du«, sagte der Teufel, und sein Lächeln wurde immer breiter.

»Oder ich könnte mir wünschen, immer jung und schön zu bleiben«, sagte der eitle junge Mann.

»Das könntest du«, sagte der Teufel.

»Doch Moment mal!« rief der eitle junge Mann. »Vielleicht wäre es besser, sich immerwährende Gesundheit zu wünschen. Was nützen all die anderen Dinge, wenn man zu krank ist, um sie zu genießen?«

»Nur allzu wahr«, sagte der Teufel.

»Ach je«, stöhnte der eitle junge Mann und rang die Hände. »Was soll ich mir nur wünschen? Was soll ich bloß wählen? Ich kann mich nicht entscheiden – es macht mich ganz verrückt. Gesundheit, Macht, Geld, Liebe, ewige Jugend, jedes für sich allein ein hervorragender Wunsch! Reizende Gute Fee, ich wünschte, du würdest mir sagen, was ich mir wünschen soll.«

»Wenn du das möchtest, in Ordnung«, sagte der Teufel mit einem Lächeln so groß und rund wie der Vollmond. »Die meisten Menschen sind der Meinung, daß der beste aller Wünsche der sei, daß alle Wünsche, die man hat, auf alle Zeiten in Erfüllung gehen.«

Die Augen des jungen Mannes wurden kugelrund, und er erbleichte.

»Ja! Ja!« keuchte er. »Diese Leute haben recht, natürlich. Das ist der beste Wunsch. Schön, also los: Ich wünsche mir, daß alle Wünsche, die ich jemals habe, in Erfüllung gehen.«

»Zu spät«, sagte der Teufel schadenfroh.

Der junge Mann starrte ihn an.

»Zu spät?« rief er. »Aber wieso? Du sagtest doch, ich könnte mir etwas wünschen, ganz gleich, was es sei?«

»Richtig«, sagte der Teufel. »Das ist wahr. Doch du hast deinen Wunsch vertan, als du dir wünschtest, daß ich dir sagen möge, was du dir wünschen sollst.«

Und den ganzen Weg zurück in die Hölle klang dem Teufel das enttäuschte Gejammer des jungen Mannes gar lieblich in den Ohren. Am Ende war er doch noch recht zufrieden mit sich.

# Eine überaus hübsche Dame

Es war einmal eine überaus hübsche Dame, die lebte ganz für sich allein. Dafür gab es eigentlich keinen Grund, denn sie war so hübsch, daß viele junge Männer sie nur zu gern geheiratet hätten. Sie lungerten in ihrem Vorgarten herum, spielten Gitarre, sangen liebliche Lieder und spähten durch die Fenster, um einen Blick von ihr zu erhaschen. Vom Morgengrauen bis in die Abenddämmerung waren sie so zugange, immer melancholisch, immer hoffnungsvoll. Doch die überaus hübsche Dame erhörte keinen von ihnen.

»Es führt zu nichts, wenn man nur seines Aussehens wegen geliebt wird«, sagte sie sich. »Wenn ich keinen finde, der mich um meiner selbst willen liebt, werde ich überhaupt nicht heiraten.«

Das war zweifellos sehr klug, doch niemand ist

immerfort klug. In Wahrheit nämlich gefiel es der überaus hübschen Dame nicht schlecht, daß sie hübsch war, und so manches Mal stand sie vor dem Spiegel und bewunderte sich. In solchen Augenblicken war sie durchaus mit sich zufrieden. Dann trat sie hinaus in den Vorgarten und unterhielt sich mit den jungen Männern, ließ sich von ihnen zum Markt begleiten, und sie durften ihre Pakete und Einkaufsbeutel nach Hause tragen. Noch lange Zeit danach sah man die jungen Männer deutlich hoffnungsvoller und entsprechend weniger melancholisch.

Doch die meiste Zeit blieb die überaus hübsche Dame in ihrem Häuschen, fühlte sich, ungeachtet all der jungen Männer im Vorgarten, einsam und sehnte sich nach jemandem, der sie so lieben würde, wie sie geliebt sein wollte.

Nach einer Weile erfuhr, wie auch immer, der Teufel von der überaus hübschen Dame, und er kam zu dem Schluß, daß sie genau das sei, was ihm fehlte, um ein wenig Licht in sein Höllendasein zu bringen. Also packte er eine Reisetasche mit allem, was er brauchte, um sich zu verkleiden, und spazierte hinauf, um sie sich anzuschauen.

Er hatte davon gehört, wie überaus hübsch sie war, doch niemand hatte ihm berichtet, daß sie keinen in ihr Häuschen ließ. Er kam als Bettler verkleidet, doch sie öffnete ihm nicht die Tür. Er versuchte es als Prediger und dann gar als König, doch auch das funktionierte nicht. So verkleidete er sich schließlich als einer ihrer Freier und lungerte, wie sie, in Erwartung des Markttages in ihrem Vorgarten herum.

Als die hübsche Dame endlich heraustrat, wich der Teufel während des ganzen Weges zur Stadt nicht von ihrer Seite, blickte sie immerzu an und trug auf dem Rückweg das schwerste Paket. Als sie wieder in ihrem Häuschen verschwunden war, stand seine Entscheidung fest: sie war tatsächlich genau das, was ihm in der Hölle fehlte, und er hatte lange genug auf sie gewartet.

Als die Nacht anbrach und die so melancholischen wie hoffnungsvollen jungen Männer nach Hause gegangen waren, warf der Teufel seine Verkleidung ab und wünschte sich in einem Gepaff aus rotem Rauch und mit Donnerschlag ins Schlafgemach der hübschen Dame. Die erwachte sofort, und als sie ihn sah, schrie sie auf.

»Erschrick nicht!« sagte der Teufel ruhig. »Ich bin's nur. Ich bin gekommen, um dich mit in die Hölle zu nehmen.«

»Niemals!« schrie die hübsche Dame. »Ich werde nicht gehen, und es gibt nichts, womit Ihr mich zwingen könntet.«

»Stimmt«, sagte der Teufel, »es gibt nichts, womit ich dich zwingen könnte. Du mußt aus eige-

nem freien Willen kommen, wenn du vor deiner Zeit kommst. Doch es wird dir dort unten sehr gefallen – du wirst die Hübscheste von allen sein.«

»Das bin ich hier auch schon, wozu immer das gut sein mag«, sagte die hübsche Dame. »Warum sollte ich weggehen, nur um es anderswo genauso zu haben?«

»Ah«, sagte der Teufel, »aber in der Hölle wird deine Schönheit immer und ewig bestehen, während sie hier nur schwinden kann.«

Jetzt geriet die hübsche Dame zum ersten Mal in Versuchung, und der Teufel wußte das. Er nahm einen Spiegel von ihrer Frisierkommode und hielt ihn ihr vors Gesicht, so daß sie sich betrachten konnte.

»Wäre es nicht eine Schande«, schmeichelte er, »ein so hübsches Gesicht vergehen zu lassen? Wenn du hier bleibst, hält es vielleicht noch fünfzehn oder zwanzig Jahre, doch in der Hölle gibt es keine Zeit. Dort wirst du immer so aussehen wie jetzt, bis dereinst die Sterne stürzen und ein neuer Weltenplan erdacht wird, was, wie wir alle wissen, nie geschehen wird.«

Die hübsche Dame betrachtete sich im Spiegel und spürte, wie so manches Mal zuvor, daß es zweifellos nicht unangenehm war, hübsch zu sein; doch gerade noch im rechten Augenblick entsann sie sich dessen, was sie eigentlich wollte.

»Seid ehrlich!« sagte sie. »Gibt es in der Hölle die Liebe?«

»Die Liebe?« sagte der Teufel mit Schaudern. »Was sollten wir wohl *damit*?«

»Wenn es so ist«, sagte die hübsche Dame und stieß den Spiegel zurück, »werde ich niemals mit Euch gehen, und wenn Ihr hundert Jahre darum bettelt, es wird Euch nichts nutzen.«

Da wurde der Teufel sehr zornig, und seine Augen funkelten wie glühende Kohlen.

»Ist das dein letztes Wort?« wollte er wissen.

»Das ist mein letztes Wort«, antwortete sie.

»Also gut!« sagte er. »Ich kann dich nicht gegen deinen Willen mitnehmen, das ist wahr. Doch ich kann deine Schönheit mitnehmen. Das kann ich, und das werde ich.«

Es ertönte wieder ein Donnerschlag, und der Teufel verschwand in einer Rauchwolke. Er fuhr geradewegs hinab in die Hölle und nahm die Schönheit der hübschen Dame mit und heftete sie in kleinen Stücken an die Wände seines Thronsaals, den sie ihm, funkelnd und glitzernd, fortan aufs netteste erhellte.

Nach ein paar Jahren jedoch packte den Teufel die Neugier, und er begab sich hinauf, um zu sehen, wie es der Dame erging. Er erreichte ihr Häuschen in der Abenddämmerung und spähte durchs Fenster. Da war sie, häßlich wie ein alter

Stiefel, und aß zu Abend. Doch Kerzen erleuchteten den Tisch, und sie war nicht mehr allein. Bei ihr saß ein junger Mann, der ebenso häßlich war wie sie, und in einer Wiege neben dem Stuhl lag ein überaus häßliches Baby. Doch das Merkwürdige war, daß um den Tisch herum soviel Liebe herrschte, daß der Teufel zurückwich, als hätte ihm jemand einen Schlag versetzt.

»Hmpf!« sagte der Teufel zu sich. »Das werde ich nie verstehen, nicht in Billionen von Jahren.«

Wütend kehrte er in die Hölle zurück, riß alle Schönheit der Dame von den Wänden seines Thronsaals und warf sie weg. Und die Schönheit schwebte hinauf aus der Hölle in eine dunkle Ecke des Himmels, wo sie sich, viel nutzbringender, in einen neuen Stern verwandelte.

# Die Harfen des Himmels

Es gab einmal Brüder auf der Welt, die hießen Basilius und Hans – wobei Basilius von beiden der dicke war –, zwei schäbige, niederträchtige und streitsüchtige Burschen, die einander von Anbeginn an haßten und einzig und allein deshalb zusammenblieben, weil kein anderer Mensch sie auch nur eine Minute lang ertragen konnte. Sie hatten sich schon zu prügeln begonnen, als sie noch Babys waren, und sie prügelten sich ihr ganzes Leben lang, so daß sie immer abwechselnd grün und blau herumliefen; dennoch hatten sie sich beruflich zusammengetan und es in ihrem Metier zu einiger Berühmtheit gebracht, zumindest vor dem Gesetz, denn sie waren zweifellos die besten Diebe der Welt.

Es gab nichts, was Basilius und Hans nicht stehlen konnten, wenn sie nur wollten, und meistens wollten sie. Danach verkauften sie, was sie gestohlen hatten, und gaben alles Geld für Schnaps und Jodtinktur aus, ersteres zur Steigerung der Rauflust und letzteres zur Linderung der Folgen. Doch eines Nachts trieben sie es zu weit, denn jeder von ihnen hatte sich heimlich eine Pistole besorgt, und mitten in der schönsten Prügelei erschossen sie sich gegenseitig. Dieser schwerwiegende Vorfall jedoch änderte zwischen den beiden nicht viel, denn schon vorm Tor zur Hölle, wo sie – da Zweifel, wohin sie gehörten, nicht bestanden – nur wenig später eintrafen, begannen sie eine neue Prügelei, uneins darüber, wer den Vortritt haben sollte.

Als der Teufel den Lärm vernahm, freute er sich wie ein Stint. »Schau an, Basilius und Hans!« sagte er. »Und keinen Augenblick zu früh.«

Was der Teufel damit meinte, war folgendes: In der Hölle gab es eine sauertöpfische Klavierlehrerin, die wegen Miesmacherei dort gelandet war und deren anhaltende Nörgelei seither dem Musikleben am Ort galt. Im Himmel gäbe es gewiß bessere Musik, sagte sie, weil sie dort viele liebliche Harfen hätten, wohingegen es in der Hölle, sagte sie, nicht eine einzige Harfe gäbe, weder eine liebliche noch sonst irgend eine.

Der Teufel fühlte sich durch solche Sticheleien gekränkt, denn er war stolz auf die Hölle. Andererseits war es nur allzu wahr, daß er keine Harfen besaß, und so war er zu dem Schluß gekommen, daß man, wollte man sich eine gute verschaffen, nur eine aus dem Himmel stehlen könne. Und der einzige Weg, dies zu bewerkstelligen, war der, Basilius und Hans zu schicken.

»Wenn irgend jemand eine Harfe aus dem Himmel stehlen kann, so sind es Basilius und Hans«, sagte er zu sich, »und jetzt sind sie endlich hier.«

Sobald die Brüder also Einlaß gefunden hatten, ließ der Teufel sie in seinen Thronsaal führen.

»Endlich!« rief er freudig aus. »Basilius und Hans.«

»Das sind wir!« sagte Hans.

»Und niemand anderer!« sagte Basilius.

»Ausgezeichnet!« sagte der Teufel. »Ich hätte da nämlich einen Job für euch.« Und er trug ihnen sein heikles Anliegen vor.

Die Brüder waren nur zu beglückt, daß für sie Arbeit in Aussicht stand, und so ließen sie den Teufel ausreden. Die Sache sagte ihnen mächtig zu.

»Genau das Richtige für uns«, sagte Basilius.

Und Hans sagte: »Exakt!«

»Es bedarf allerdings eines gewitzten Plans«, sagte der Teufel. »Eines wirklich gewitzten Plans!«

»Kein Problem«, sagten die Brüder. »Den Job gibt's gar nicht, der für uns zu kitzlig wäre.«

»Das habe ich gehört«, sagte der Teufel, »und ich hoffe, es trifft auch zu. Mein Herz, wie immer sonst beschaffen, hängt nun einmal daran, in der Hölle eine Harfe zu haben. Ich selber kann nicht hinauf – sie würden mich augenblicklich erkennen. Doch wenn es irgend jemandem gelingen kann, dann euch.«

Also machten Basilius und Hans einen Plan, und der Plan war, sich als Engel zu verkleiden.

»Wir tun hübsch artig«, erklärten sie, »und sagen einfach, wir wären vom Weg abgekommen. Dann schlüpfen wir rein, schnappen uns die

Chose, schlüpfen wieder raus, und bis zum Abendessen sind wir wieder hier.«

»Ausgezeichnet!« sagte der Teufel, gab ihnen die Gewänder, die sie benötigten, und schickte sie auf den Weg.

Es dauerte ziemlich lange, bis sie die höheren Gefilde erreichten, denn sie mußten erst die ganze Welt umrunden, und es brauchte auch seine Zeit, bis sie mit den Flügeln, die der Teufel ihnen gegeben hatte, zu Rande kamen. Doch wenigstens prügelten sie sich nicht, denn keiner wollte sein Gewand ruinieren, und so trafen sie endlich, außer Atem, doch voller Zuversicht, an der Himmelspforte ein.

Nun ist Zuversicht zwar wichtig, doch, wie sich zeigen sollte, nicht alles, denn von da an begann die Angelegenheit in einer Weise schiefzulaufen, wie die Brüder es nie und nimmer erwartet hätten. Sie standen, wie geplant, an der Himmelspforte, doch dort saß ein Jemand mit einer Harfe, und dieser Jemand musterte erst sie, dann ihre Gewänder, lächelte und sagte schließlich in sanftem Ton: »Das wären dann wohl Hans und Basilius, nicht wahr? Wollen mal sehen! *Du* mußt Basilius sein, denn Basilius ist der dicke von euch beiden, und *du* bist Hans. Was führt euch hier herauf?«

»Oh!« sagte Basilius.

Und Hans sagte: »Nun, äh ...«

»Schon gut«, sagte der Jemand an der Pforte. »Ich weiß ohnedies, warum ihr gekommen seid. Und ich muß gestehen, daß ihr in euren Gewändern ausgesprochen hübsch aussieht.«

Niemand hatte die Brüder in ihrem ganzen Leben jemals hübsch genannt, und Hans hatte gute Lust »Quatsch!« zu sagen. Doch irgendwie traute er sich nicht recht, und auch Basilius stand nur da und sperrte den Mund auf.

»Ihr kommt wegen einer Harfe«, sagte der Jemand an der Pforte. »Nun, dagegen ist nichts einzuwenden. Es gibt im Himmel reichlich Harfen, und diese hier ist für euch. Ihr braucht gar keine zu stehlen.«

»Oh!« sagte Hans.

Und Basilius sagte: »Nun ja.«

Und beide waren tief enttäuscht.

Der Jemand an der Pforte aber lächelte nur, nahm die Harfe – eine kleine dreieckige Harfe, aus Gold gefertigt, mit Putten, die den Rahmen schmückten, und Saiten wie Sonnenstrahlen – und übergab sie ihnen.

»Lebt wohl!« sagte der Jemand an der Pforte.

Da nahm Hans die Harfe, und die Brüder schwirrten ab und flogen um die ganze Welt zurück in Richtung Hölle.

Hinunter dauerte es entschieden länger als hinauf – eine Tatsache, aus der ein jeder seine eigenen

Schlußfolgerungen ziehen mag –, und den Brüdern, die schon sauer waren, weil sie nicht hatten stehlen können, wurde das Fliegen bald langweilig. Also begannen sie sich zu streiten.

»Nun komm schon«, sagte Basilius, »gib mir die Harfe auch mal. Niemand hat gesagt, daß du sie die ganze Zeit über tragen darfst.«

»Zum Henker mit mir, wenn ich das zulasse«, sagte Hans. »Du würdest sie nur fallenlassen.«

»Egoist!« sagte Basilius.

Und Hans sagte: »Tolpatsch!«

»Du Esel!« sagte Basilius.

»Du Schwein!« sagte Hans.

»Selber eins!«

»Bin ich nicht!«

»Bist du doch!«

Und zwischen Himmel und Hölle dahinfliegend, begannen sich Basilius und Hans zu prügeln.

Es war eine großartige Prügelei: sie zerrten sich an den Gewändern, rupften sich die Federn aus den Flügeln und vollführten einen ohrenbetäubenden Radau mit Geheule und Püffen, Hieben und Knüffen ohne Ende; und mittendrin die arme kleine Harfe, die hierhin und dorthin gerissen wurde, als wäre sie das Tau bei einem Tauziehen.

Sie prügelten sich auf dem ganzen restlichen Weg zur Hölle und trafen dort in einem beklagenswerten Zustand ein.

»Wo ist die Harfe?« fragte der Teufel, der sie schon hatte kommen hören. »Gebt sie her!«

Er nahm sie, umfing sie mit einem Arm und strich mit dem Daumen über ihre Saiten.

Doch anstatt süßer als Zephir zu erklingen, gab die Harfe Mißtöne von sich, die sie alle drei zusammenzucken ließ.

»Da seht ihr, was ihr mit eurer dummen Prügelei angerichtet habt«, sagte der Teufel. »Meine Harfe ist völlig verstimmt.«

»Oh!« sagte Basilius.

Und Hans sagte: »Nun.«

»Und ich weiß nicht, wie man sie stimmt«, sagte der Teufel.

»Ich auch nicht«, sagte Hans.

Und Basilius sagte: »Ich noch viel weniger.«

Und damit hatte sich der Fall, denn, o Jammer, in der ganzen Hölle war nicht eine Seele, die gewußt hätte, wie man eine himmlische Harfe stimmte, nicht einmal die Klavierlehrerin.

»Nun«, sagte der Teufel zu Basilius und Hans. »Dann müßt ihr eben noch einmal los und eine andere holen.«

»Wenn du meinst«, sagten Basilius und Hans.

»Ich meine«, sagte der Teufel.

Also flogen sie, abgerissen wie sie waren, ein zweites Mal, nur war jetzt, da so viele Federn in ihren Flügeln fehlten, das Fliegen bei weitem anstrengender. Trotzdem hörte man sie sich nicht übermäßig beklagen, und als sie schließlich die Himmelspforte erreichten, sahen sie dort noch immer den bereits bekannten Jemand sitzen.

»Sieh an, Hans und Basilius! Da seid ihr ja wieder!« sagte er.

»So ist es«, sagte Hans.

Und Basilius sagte: »Ganz recht.«

Doch sie waren reichlich betreten.

»Ich vermute, daß ihr wegen einer weiteren Harfe kommt«, sagte der Jemand mit einem Blick auf die Löcher in ihren Gewändern.

»Ganz recht!« sagte Basilius.

Und Hans sagte »So ist es!«

»Nichts leichter als das«, sagte der Jemand und

zog eine neue Harfe unter seinem Umhang hervor, die der ersten aufs I-Tüpfelchen glich.

Dieses Mal nahm Basilius die Harfe, dann machten sie sich wieder auf den Weg zur Hölle. Doch nachdem sie eine Weile geflogen waren, hielt es Hans nicht länger aus.

»Wie du dich an der Harfe festhältst – so was Albernes hab ich im Leben noch nicht gesehen.«

»Sagt wer?« sagte Basilius.

»Sage ich«, sagte Hans.

»Sagt das Schwein!« sagte Basilius.

Und wieder fielen sie übereinander her und prügelten sich, daß die Fetzen flogen. Dieses Mal allerdings ließ Basilius, gerade als sich die Prügelei aufs befriedigendste entwickelte, die Harfe fallen. Und sie fiel direkt auf die Welt und landete – klong! – auf einer Bergspitze.

»Ich hab's dir gesagt!« sagte Hans.

Darauf flogen sie hinunter, fanden die Harfe und brachten sie, ungeachtet ihres desolaten Zustands, rund um die Welt zur Hölle. Als sie sie dem Teufel übergaben, wurde er sehr ungehalten.

»Schaut euch diese Harfe an!« sagte er. »Völlig verbogen! Wer soll auf so was spielen?«

»Man kann sie wieder gerade biegen«, sagte Basilius.

»Mit 'nem Hammer oder so ausbeulen«, sagte Hans.

Doch es gab nirgendwo in der Hölle einen Goldschmied, der sich darauf verstanden hätte, eine himmlische Harfe zu reparieren, und die Klavierlehrerin stand daneben und blickte hämisch.

»Zurück mit euch!« sagte der Teufel zu den Brüdern. »Ihr fliegt noch mal! Und ich rate euch, es diesmal richtig anzustellen.«

»Wenn du meinst«, sagten Basilius und Hans.

»Ich meine«, sagte der Teufel.

Also flogen sie abermals, doch diesmal seufzte der Jemand an der Himmelspforte, als er sie sah, und schüttelte den Kopf.

»Hans und Basilius!« sagte er. »Seid ihr es wirklich wieder?«

»So ist es«, sagte Hans.

Und Basilius sagte: »Ganz recht.«

Doch sie waren betretener denn je.

»Nun«, sagte der Jemand an der Pforte, »eine einzige Harfe ist noch übrig. Ich hoffe, ihr schafft es mit dieser.«

Und er reichte ihnen die dritte Harfe, schritt in den Himmel und schloß hinter sich die Pforte.

Dieses Mal nahmen Basilius und Hans die Harfe zwischen sich und hielten sie beide fest. So schafften sie fast den ganzen Weg um die Welt herum, ohne sich in die Haare zu geraten. Und sie waren der Hölle schon ganz nah, als sich Basilius' Flügel, die um einiges über zugerichtet waren als die von Hans, von seinem Gewand lösten und er sich, um nicht abzustürzen, verzweifelt an seine Hälfte der Harfe klammerte.

»Laß los!« schrie Hans und schlug heftig mit den Flügeln. »Du ziehst uns beide runter.«

»Ich kann nicht!« sagte Basilius. »Wenn ich loslasse, stürze ich ab.«

»Dann stürz!« sagte Hans. »Besser du allein, als wir beide.«

Und er versuchte, Basilius' Finger von der Harfe loszumachen.

Sie gaben ein schönes Bild ab, wie sie so zwischen Himmel und Hölle dahinzappelten, doch dann geschah es: bei dem Versuch, sich fester anzuklammern, griff Basilius in die Saiten der Harfe und zog sie heraus wie Reiser aus einem Besen.

Als sie wieder in der Hölle eintrafen, trug Hans die Harfe und Basilius die Saiten, und der Teufel wurde so zornig, daß seine Hörner qualmten.

»Ich geh selber!« brüllte er. »Und wenn ich Kopf und Kragen riskiere!«

»Zwecklos«, sagte Basilius.

»Keine Harfen mehr übrig«, sagte Hans.

»Die hier war die letzte«, sagten beide gleichzeitig.

Und, o Jammer, es gab niemanden in der ganzen Hölle, der gewußt hätte, wie man Saiten auf eine himmlische Harfe zieht.

So mußte sich der Teufel, zornig oder nicht, die Sache aus dem Kopf schlagen. Doch um Hans und Basilius zu bestrafen, zwang er sie, Klavierunterricht bei der sauertöpfischen Lehrerin zu nehmen – womit er die gleich mit bestrafte, denn obwohl der Unterricht sich über Hunderte von Jahren hinzog, lernten die Brüder nie mehr als so eben ein paar Tonleitern klimpern, ganz gleich, wieviel sie übten. Und natürlich übten sie unentwegt, dafür sorgte ihre Lehrerin.

Der Teufel aber bewahrte die Harfen trotz allem in seinem Thronsaal auf.

»Wenigstens«, so sagte er sich, »kann niemand behaupten, daß ich keine besäße.«

Und jedem, der es hören wollte, erklärte er, daß er die Harfen jederzeit reparieren könne, nur jetzt gerade habe er keine Lust dazu.

# Das Teufelskind im Körbchen

Es war einmal ein Priester, der war ein sehr rechtschaffener und gütiger Mann. Er scheuerte täglich die Stufen zu seiner Kirche, zog eigene Kerzen für den Altar und glaubte, alle anderen Menschen seien genauso gut wie er. Ganz gleich, was für scheußliche Verbrechen sie begingen, ganz gleich, wie oft sie mordeten, raubten, betrogen oder nach ihren Hunden traten, er seufzte nur immer und sagte:

»Je nun, es war bloßer Irrtum, bestimmt! Sie taten es nicht mit Absicht.«

Darauf sprach er ein Gebet für sie, und stets war er überzeugt, daß sie sich früher oder später bessern würden.

Eines Morgens, als der Priester wieder die Stufen zur Kirche scheuern wollte, fand er dort ein Körbchen, und in dem Körbchen lag ein Baby.

»Da schau her!« sagte der Priester. »Jemand will mir dieses Baby anvertrauen, damit ich es in der Kirche großziehe und auf den Weg der Tugend geleite.«

Und das freute ihn von Herzen. Doch als er das Körbchen aufhob und näher hinblickte, sah er, daß das Baby kein gewöhnliches Baby war.

»Ach, du liebe Güte!« flüsterte er. »Dieses Baby ist ein Teufelskind! Ganz ohne Zweifel! Ein Baby des Teufels mit pfefferfarbiger Haut, und das Körbchen riecht nach Schwefel.«

Voller Entsetzen stellte er das Körbchen wieder ab, doch das Teufelskind schaute so herzig und immerfort lächelnd zu ihm auf, daß der Priester nicht aus noch ein wußte. Schließlich ließ er das Körbchen stehen, wo es stand, und ging in die Kirche, wo er sich hinsetzte und mit sich zu Rate ging.

»Ein Baby ist ein Baby – hilflos und schutzbedürftig.«

»Das schon, aber *dieses* Baby kann nur zu einem Unhold heranwachsen.«

»Und dennoch, angenommen, ich könnte das verhindern. Nur mal angenommen! Sollte ich es nicht probieren?«

»Dummes Zeug! Es wurde vom Teufel geschickt, um mich zu versuchen.«

»Vielleicht! Doch andererseits könnte es auch von Gott gesandt sein, um mich zu prüfen.«

»Das wäre freilich eine Prüfung, Schwarz in Weiß zu verwandeln!«

»Da bitte – es fängt schon zu schreien an. Es ist natürlich hungrig und müde nach seiner Reise.«

»Seiner Reise? Was rede ich da? Natürlich muß es schnurstracks aus der Hölle gekommen sein.«

»Dennoch, ein Baby ist ein Baby! Ich darf nichts unversucht lassen.«

Und so trug der Priester, immer noch voller Bedenken, ob er richtig handle, das Teufelskind heim in sein Häuschen hinter dem Kirchhof.

Der Priester wußte natürlich, daß er dem Teufelskind etwas zu essen würde besorgen müssen.

»Denn«, so sagte er sich, »ein Baby ist ein Baby! Man darf es nicht verhungern lassen.«

Also eilte er zu einem nahen Bauernhof, um eine Kanne Milch zu kaufen.

»Was?« sagte die Bauersfrau. »Eine Kanne Milch? Ihr habt in Eurem Alter ein Kind angenommen?«

»Das habe ich«, sagte der Priester schüchtern. »Ein Baby! Man hat es mir auf die Kirchentreppe gelegt.« Er sagte natürlich nicht, daß das Baby ein Teufelskind war, man konnte schließlich nicht wissen, wie die Bauersfrau darauf reagieren würde. Er verschwieg es, doch das half ihm nichts, denn die Bauersfrau zeigte sich sogleich von ihrer praktischen Seite.

»Ich komme mit und versorge Euch das Würmchen«, sagte sie. »Was versteht Ihr schon von Babys, ein alter Junggeselle?«

»Nein, nein!« sagte der Priester hastig. »Ich werde mir bestimmt zu helfen wissen. Macht Euch keine Umstände!«

»Unsinn!« sagte die Bauersfrau. »Das sind für mich keine Umstände!«

Sie war nicht von ihrem Vorhaben abzubringen.

Als sie die Hütte des Priesters erreichten, blieb die Bauersfrau plötzlich stehen und schnüffelte.

»Schwefel!« sagte sie. »Rauch und Schwefel! Schnell, rettet das Baby – Euer Häuschen brennt!«

Doch es brannte gar nichts. Als sie eintraten, schlug ihnen der Geruch von Schwefel noch stärker entgegen, doch alles war friedlich und still. Das Teufelskind war eingeschlafen. Eilends wandte sich die Bauersfrau dem Körbchen zu, und als sie sah, was darin lag, fiel ihr vor Schreck die Kinnlade herunter.

»Jesus, ein Teufelsbalg!« keuchte sie. »Eine Ausgeburt des Teufels!«

Und sie machte kehrt und lief aus der Hütte.

»Ein Teufel!« schrie sie. »Ein Teufel, und noch dazu auf der Schwelle zur Kirche! Hilfe! Hilfe! Wir werden alle verdammt sein!«

»Nein! Wartet!« rief der Priester händeringend.

»Halt! Es ist nur ein Baby, und ein Baby ist ein Baby, oder etwa nicht?« In seinem Innern aber nagte der Zweifel.

Die Bauersfrau lief indessen durchs Dorf und wiegelte die Leute auf, und im Handumdrehen hatte sich eine vielköpfige Menge um das Häuschen des Priesters versammelt.

»Kommt heraus!« forderten sie. »Kommt augenblicklich heraus und laßt die Satansbrut zurück! Wir werden Eure Hütte niederbrennen und mit ihm des Teufels Kind. Das ist der einzige Weg, es loszuwerden.«

Als der Priester das hörte, war er entsetzt, und seine Zweifel schwanden.

»Das könnt ihr nicht tun!« antwortete er stand-

haft. »Ein Baby ist ein Baby, Teufelskind oder nicht. Hilflos und schutzbedürftig! Ganz davon abgesehen, kann es vielleicht auf den Weg der Tugend geführt werden. Der Teufel selber war einst ein Engel, wie ihr wißt! Also muß es auch für ein Teufelskind Hoffnung geben.«

Doch die Leute draußen sahen einander an und sagten: »Er ist verrückt! Er hat den Verstand verloren!«

Und sie riefen ihm wieder zu: »Kommt heraus und laßt uns Eure Hütte niederbrennen!«

»Niemals!« rief der Priester. »Ich kann ein Baby nicht im Stich lassen, selbst wenn es ein Teufelskind ist. Wenn ihr meine Hütte niederbrennt, müßte ihr sie mit uns beiden niederbrennen.«

Die Leute berieten sich und kamen überein, daß es sowieso zu spät sei, den Priester zu retten. Er war gewiß schon vom Teufel besessen. Da blieb nur eins. Sie holten eine Fackel und legten Feuer an das Häuschen, in dem sie die beiden, Priester und Teufelskind, wußten.

Der Priester hielt das Körbchen in den Armen, als die Flammen um ihn auflodernten, und betete voller Inbrunst, denn er fürchtete sich sehr. Das Teufelchen jedoch, als es erwachte und den Rauch und das Feuer sah, klatschte in die Händchen und krähte vor Vergnügen.

Draußen wichen die Leute vor der Hitze zu-

rück, und jetzt, da sie das Häuschen brennen sahen, regten sich in ihnen die Zweifel.

»Wenn man es recht betrachtet, *war* es ein Baby, und angenommen, man hätte es wirklich auf den Weg der Tugend führen können«, hieß es nun. »Nur angenommen!«

Es war jedoch viel zu spät, um das Feuer zu löschen, denn das Priesterhäuschen war klein und strohtrocken. Das Dach begann sich zu biegen, dann stürzte es ein, und wenig später barsten die Mauern. Als sich aber der Rauch verzog, stand der Priester inmitten der qualmenden Trümmer, kniff die Augen zu und war völlig unversehrt. Nur das Teufelskind und das Körbchen waren verschwunden.

Die Leute staunten, dann waren sie dankbar, und dann frohlockten sie.

»Ein Wunder!« riefen sie. »Der Herrgott hat unseren Priester vor dem Tod bewahrt.«

Und als Zeichen ihrer Erleichterung und Dankbarkeit machten sie sich auf der Stelle ans Werk und bauten ein neues Häuschen, damit der Priester wieder ein Zuhause habe.

Ohne Murren nahm der Priester sein Leben und seine Pflichten wieder auf, doch eine Zeitlang war ihm sehr unbehaglich zumute. Hatte ihn wirklich der Herrgott bewahrt, wie die Leute annahmen, oder war es vielleicht – nur mal angenommen – der Teufel gewesen? Über diese Frage sprach er freilich mit niemandem. Er zog auch weiterhin Kerzen für den Altar, und jeden Morgen ging er von seinem Häuschen hinüber zur Kirche, um die Stufen zu scheuern. Er hatte natürlich den Rußfleck auf der obersten Stufe bemerkt, dort, wo das Körbchen mit dem Teufelskind gestanden hatte, und er bemühte sich nach Kräften, ihn wegzuscheuern. Doch wie hartnäckig er auch scheuerte, der Fleck verblaßte nicht die Spur. Schließlich holte der Priester aus dem Innern der Kirche eine Topfpflanze, einen ewig mickernden Efeu, und stellte ihn darauf. Und auf dem Fleck gedieh er, was dem Priester ein bißchen unheimlich war. Gleichwohl scheuerte er jeden Morgen um den Efeu herum und freute sich, daß er gedieh, und bis ans Ende seiner Tage kam ihm nie wieder ein Teufelsbalg vors Angesicht.

# Nüsse

Eines Tages saß der Teufel in seinem Thronsaal, aß Walnüsse aus einem großen Sack, und wie üblich war es ihm lästig, daß er sie immer erst knakken mußte. Da hatte er eine Idee.

»Man müßte«, so sagte er sich, »jemand anderen dazu bringen, daß er einem die Nüsse knackt. Das wäre mit Abstand die angenehmste Art, sie zu essen.«

Daraufhin holte er aus seiner Schatzkammer eine Perle, öffnete die nächste Nuß behutsam mit einem scharfen Messer, um die Schalen nicht zu verletzen, und steckte die Perle zum Kern. Dann klebte er die Schalen wieder zusammen.

»Jetzt muß ich diese Walnuß«, sagte er sich, »nur irgendeiner habgierigen Seele geben, die die Perle darin findet, und schon wird sie den ganzen Sack voll Nüsse knacken wollen, um noch mehr Perlen zu finden.«

Er verkleidete sich als alter Mann mit einem langen Bart, nahm seinen Nußknacker und den Sack Walnüsse, in dem zuoberst die besondere Nuß lag, und begab sich hinauf in die Welt. Am Rand einer Landstraße ließ er sich nieder und wartete.

Schon bald kam eine Bäuerin des Weges.

»He, du da!« rief er, »'ne Walnuß gefällig?«

Die Bäuerin sah ihn prüfend an. Sie war schlau und hatte augenblicklich Verdacht geschöpft, doch ließ sie es sich nicht anmerken.

»Nun gut«, sagte sie. »Warum nicht?«

»So ist's recht«, sagte der Teufel und lachte sich im stillen schon ins Fäustchen.

Er langte in den Sack, holte die besondere Nuß heraus und gab sie der Bäuerin.

Zu seiner großen Verblüffung aber knackte sie die Nuß, holte den Kern heraus, aß ihn und warf die Schalen weg, ohne auch nur ein einziges Wort zu verlieren. Darauf ging sie ihres Weges und verschwand in der Ferne.

»Komisch«, sagte der Teufel stirnrunzelnd. »Entweder hat sie meine Perle verschluckt, oder ich habe ihr nicht die richtige Nuß gegeben.«

Er holte drei weitere Nüsse aus dem Sack, knackte sie und aß sie auf, doch eine Perle war darin nicht zu finden. Er knackte und aß vier weitere. Immer noch keine Perle! Und so ging es den gan-

zen Nachmittag, bis am Ende alle Nüsse aus dem Sack – von niemand anderem als ihm selber! – geknackt waren und er mit den Schalen eine Riesensauerei angerichtet hatte. Die Perle hatte er dabei nicht finden können, und schließlich sagte er sich:

»Es gibt nur eine Möglichkeit: Sie hat sie verschluckt.«

Was blieb ihm da anderes übrig, als in die Hölle zurückzukehren. Von den vielen Nüssen hatte er sich zu allem Überfluß ein Bauchgrimmen zugezogen, davon wieder eine üble Laune, und beides hielt eine gute Woche an.

Derweil war die Bäuerin auf dem Markt angelangt und holte die Perle unter ihrer Zunge hervor, wo sie sie aufbewahrt hatte. Sie tauschte sie gegen zwei Sack Rüben und ein Fäßchen Butter und machte sich, beschwingt und glücklich, wieder auf den Heimweg.

Nicht alle von uns sind habgierig.

# Ein Palindrom

Es gab einst einen Künstler, der war so freundlich, gütig und liebenswert, daß jeder, der ihn kannte, rundheraus gestand, er sei »der großartigste Kerl von der Welt«. Allein die Bilder, die er malte, erschienen den Leuten außerordentlich schändlich, denn alle zeigten Männer und Frauen mit ausdruckslosen Gesichtern, die unbekleidet herumhopsten oder sich gegenseitig in kleine Stücke hackten, sich also ganz allgemein in einer Weise aufführten, die für eine ehrbare Gesellschaft nicht akzeptabel war.

Dennoch waren alle, die den Künstler kannten, willens, seine Gemälde gelten zu lassen und sogar zu bewundern. Er war immerhin sehr begabt, ja ein Meister, und einige seiner Freunde, die glaubten, daß in jedem Menschen Gut *und* Böse steckten, vertraten die Auffassung, daß bei ihm alles Böse in sein Werk floß, während alles Gute in der Person selber blieb.

Der Teufel kannte die Gemälde des Künstlers, und sie gefielen ihm ausnehmend gut. Manchmal kam er sogar mitten in der Nacht aus der Hölle nach oben, einzig, um sich im Atelier des Künstlers umzutun und seine Gemälde zu bewundern.

»Wäre es nicht vortrefflich«, dachte er dann bei sich, »wenn wir einen solchen Gesellen als künstlerische Attraktion bei uns in der Hölle hätten?«

Doch jedesmal entfernte er sich kopfschüttelnd, denn wenn es an etwas nichts zu rütteln gab, dann an der Tatsache, daß der Künstler ein viel zu guter Mensch war, um am Ende seiner Tage vor einer Staffelei in der Hölle zu landen.

Das Problem ging dem Teufel lange im Kopf herum, und nach einigen Jahren kam er auf eine Idee. Der Künstler hatte inzwischen siebenunddreißig Bilder vollendet.

»Wenn es vierzig sind«, sagte sich der Teufel, »werde ich kurzerhand hinaufgehen, sie alle stehlen und hier unten in meiner Galerie aufhängen.

Vierzig genügen als Œuvre sowieso. Ich werde ihm auch seine Leinwand, seine Farben und Pinsel und seine Staffelei entwenden – alles weitere werden wir in Ruhe auf uns zukommen lassen.«

Der Künstler wußte natürlich nichts vom Plan des Teufels. Er fuhr gelassen in seiner Arbeit fort und schuf Gemälde von unvergleichlicher Schändlichkeit. Wenn er sich aber außer Haus blicken ließ, folgten ihm die kleinen Kinder, und Vögel setzten sich ihm auf die Schultern, und die Leute sagten:

»Da kommt der Künstler! Was ist er doch für ein guter Mensch, trotz seinen scheußlichen Bildern. Er ist gewiß der beste Mensch von der Welt.«

Doch es dauerte nicht mehr lange, da legte der Künstler letzte Hand ans vierzigste Bild, und als es fertig war, schlich der Teufel, ganz nach Plan, aus der Hölle nach oben und stahl die vierzig Scheußlichkeiten samt allen Malutensilien. Er warf die Staffelei, die Pinsel und anderen Gegenstände in eine verstaubte Ecke seines Thronsaals, doch die Gemälde hängte er in seiner Galerie auf, wo sie ein riesiger Erfolg wurden. Ströme von Verdammten und alle möglichen Unter- und Oberunterteufel zogen täglich im Gänsemarsch an ihnen vorbei, um sie bei einem Glas Punsch zu bewundern und zu studieren.

Unterdessen war der Künstler oben auf der Welt ganz verstört und verstand nicht, was geschehen war. Überall in seinem Dorf fragte er nach, doch niemand wußte auch nur das Geringste über das Verschwinden der Gemälde, geschweige den Verbleib der Staffelei und aller übrigen Dinge. Der Künstler wurde sehr bekümmert, denn er war ein armer Mann, der, da noch nie jemand eines seiner Gemälde gekauft hatte, das Geld für sein Malzeug mit dem Graben von Löchern verdiente. Er wußte, daß er lange würde Löcher graben müssen, bis er genügend Geld für einen Neuanfang beisammen hatte.

»Wunderbar!« sagte der Teufel, als ihn die Nachricht von des Künstlers Notlage erreichte.

»Jetzt schaun wir mal, was wir zu sehen bekommen.«

Und er machte es sich bequem, schmunzelte und wartete ab.

Als nun ein Tag nach dem anderen verstrich, ohne daß der Künstler an neuen Gemälden arbeiten konnte, als er immer nur graben und graben mußte, begann er sich zu verändern. Sein Lächeln ging verloren, und er jagte die kleinen Kinder davon, wenn sie ihm folgten, und scheuchte die Vögel von seinen Schultern. Er wurde schweigsam und verhielt sich mürrisch und schroff selbst gegenüber den Menschen, die ihm zugetan waren. Wenn er übelgelaunt durchs Dorf stiefelte, wichen ihm die Leute aus und sagten:

»Da kommt der Künstler! Was für ein unerfreulicher Bursche er doch in Wirklichkeit ist – ganz so wie die Bilder, die er früher gemalt hat.«

Der Teufel war hochbeglückt über diese Entwicklung. Sein Plan funktionierte perfekt.

»Am Ende werde ich den Burschen auch noch kriegen, wie seine Gemälde«, sagte er, und er machte es sich bequem, schmunzelte und wartete weiter ab.

Eines Tages jedoch stieß der Künstler beim Graben eines Lochs auf eine dicke Schicht Ton. Er schaufelte einen großen Klumpen heraus, legte ihn beiseite, und als der Tag sich neigte, trug er ihn heim in sein Atelier. Die ganze Nacht arbeitete er an ihm, und als der Morgen anbrach, hatte er eine kleine Plastik geschaffen. Sie stellte wunderbarerweise eine Mutter dar, die sich zu einem kleinen Kind hinabbeugte, das an ihrem Rockzipfel hing, und das Werk strahlte große Güte und Liebe aus.

Das war für den Künstler der Beginn eines neuen Lebens. Er formte mehr und mehr kleine Plastiken, ähnlich der ersten, und die Leute mochten sie so gern, daß er jedes Stück verkaufte und nicht mehr graben mußte, außer er benötigte neuen Ton. Bald konnte er es sich leisten, in Stein zu arbeiten, und als sich sein Ruhm ausbreitete, gab man vornehme Marmorstatuen bei ihm in Auftrag, die bald in jeder großen Kirche und auf jedem Friedhof überall im Land zu sehen waren.

Doch der Mißmut des Künstlers wuchs in dem Maße, wie seine Plastiken an Herzensgüte gewannen. Die Menschen, die einst seine Freunde gewesen waren und immer noch glaubten, daß in jedem Menschen Gut *und* Böse steckten, fragten sich jetzt, ob bei ihm nicht alles Gute in sein Werk floß, während alles Böse in der Person selber blieb.

Was den Teufel anging, so hatte er mächtig an der Frage zu knabbern, was hier falsch gelaufen war. Einerseits gefiel es ihm, zu was für einem Menschen sich der Künstler entwickelt hatte; zugleich aber waren ihm dessen neue Werke zuwider.

»Dieser Bursche ist für mich jetzt ebenso unbrauchbar wie zuvor – ich bin am Ende meiner Weisheit«, sagte er zähneknirschend. »Das Gescheiteste wird sein, wenn ich ihn vergesse.«

Und das tat der Teufel dann auch. Er vergaß den Künstler gründlich und wandte seine Aufmerksamkeit anderen Dingen zu.

Was aus dem Künstler wurde, weiß niemand. Seine Bilder werden bis auf den heutigen Tag in der Hölle bewundert, und im Himmel bewundert man seine Plastiken, doch der Mann selbst scheint irgendwo dazwischen verlorengegangen zu sein.

Macht nichts! Mit Sicherheit befindet er sich in großer Gesellschaft.

## Asche

Es gab einmal einen abgrundtief schlechten Menschen, einen gewissen Herrn Pülcher, der es zu sehr viel Geld dadurch brachte, daß er andere schändlich betrog. Nach seinem Tod, der urplötzlich und als klare Folge zu häufigen Verzehrs gebratenen Schweinefleisches eintrat, ließ seine Frau seinen Leichnam verbrennen und verwahrte die Asche in einer silbernen Urne auf dem Kaminsims, wo es angenehm warm war. Dies war, auch wenn die gute Frau es nicht geahnt haben mag, völlig angemessen, denn der Herr Gemahl war nach seinem Ableben schnurstracks zur Hölle gefahren und hatte es dort unten ganz genauso angenehm warm wie seine Asche oben auf der Welt.

Nun geschah es, daß Frau Pülcher, der es ohne ihren Gemahl einsam wurde, bald einen großen, unmanierlichen Hund zu sich nahm, damit er ihr Gesellschaft leiste.

»Er hat einen Schnurrbart, und er schnarcht«, berichtete sie ihren Freundinnen. »Es ist ganz so, als wäre Pülcher wieder bei mir.«

Sie war dem Hund sehr zugetan und verwöhnte ihn schrecklich, was so weit ging, daß er im Haus Knochen zernagen durfte, obwohl diese Gewohnheit das Hausmädchen verdroß, das für die Sauberkeit im Hause verantwortlich war.

Eines Tages stolperte das Hausmädchen über einen ekligen Schweineknochen auf dem Kaminvorleger, und schlecht gelaunt, wie es war, nahm es ihn und warf ihn ins Feuer, wo er bis zur Unkenntlichkeit zu Asche verbrannte. Am nächsten Tag, als das Hausmädchen wieder seiner Arbeit nachging, stieß es mit dem Besenstiel gegen die Urne auf dem Kaminsims. Sie fiel herunter vor den Rost, und die sterblichen Überreste des abgrundtief schlechten Menschen Pülcher stoben in die Feuerstelle.

»O Graus!« sagte das Hausmädchen und blickte sich um. Frau Pülcher war nirgends in Sicht.

»Was soll's!« sagte das Hausmädchen, kniete nieder und beförderte die Asche mit der Kaminschaufel sorgfältig in die Urne zurück.

Das war schön und gut und vermutlich der einzige Ausweg aus der dummen Situation, doch das Unglück wollte es, daß sich Herrn Pülchers Asche mit etwas Asche aus dem Kamin vermischte;

und diese Asche aus dem Kamin war die Asche eben jenes Schweineknochens, den das Hausmädchen am Tag zuvor ins Feuer geworfen hatte. So geriet die Schweineknochenasche auch in die Urne, wohin sie absolut nicht gehörte. Und niemand wußte etwas davon.

Am nächsten Morgen saß der Teufel in seinem Thronsaal und verfaßte Gedichte, als Herr Pülcher eintrat und eine Unterredung wünschte.

»Was haben wir für ein Problem?« fragte der Teufel, noch ins Schreiben vertieft.

»Problem?« schrie Pülcher. »*Problem?* Seht doch her!«

Der Teufel blickte auf und sah, daß mit Herrn Pülcher ein großes Schwein hereingekommen war. Jetzt stand es an seine Beine gepreßt und schaute innig zu ihm auf.

»Was hast du mit dem Schwein zu schaffen?« fragte der Teufel.

»Was ich *mit ihm* zu schaffen habe?« schrie Pülcher. »Was es *mit mir* zu schaffen hat! Das ist die Frage! Hört mich an! Alles hat sich, seit ich hier unten bin, aufs angenehmste gefügt. Gute Gesellschaft, reichlich zu essen und zu trinken und ein nettes Einzelzimmer. Gestern aber taucht aus dem Nichts dieses Schwein auf, seitdem läuft es mir nach wie ein Hündchen und besteht sogar darauf, mit in meinem Bett zu schlafen. Ich weiß nicht, woher es kommt, und ich weiß auch nicht, warum und wie. Wißt Ihr es?«

»Ich habe nicht die geringste Ahnung«, sagte der Teufel.

»Es muß aber etwas unternommen werden«, sagte Pülcher und versuchte, das Schwein wegzuschubsen, worauf es sich freilich nur noch fester an ihn preßte und aus seinen kleinen, roten Augen noch zärtlicher und hingebungsvoller zu ihm aufschaute.

»Ein ausgesprochen nettes Schwein«, bemerkte der Teufel und betrachtete es neugierig. »Und offensichtlich hängt es sehr an dir.«

»Das tut nichts zur Sache«, sagte Pülcher. »Ihr müßt etwas unternehmen. Ich möchte die Ewigkeit wirklich nicht Bauch an Bauch mit einem Schwein verbringen.«

»Ich werde Ermittlungen anstellen«, sagte der Teufel. »Wir finden heraus, was dahintersteckt.«

Pülcher verließ ihn, das Schwein im Schlepptau, und der Teufel rief einige Gelehrte zu sich, die einige Bücher konsultierten.

Als am nächsten Tag Pülcher wieder auftauchte, sagte der Teufel:

»Es hat den Anschein, als ob du auf irgendeine Weise mit dem Schwein beerdigt worden wärst.«

»Unmöglich!« sagte Pülcher. »Ich wurde verbrannt, und meine Gemahlin verwahrt meine Asche in einer Urne auf dem Kaminsims.«

»Oh, wirklich?« sagte der Teufel. »Dennoch bist du irgendwo dazwischen mit dem Schwein vermischt worden. Dies ist die einzige Erklärung!«

»Dann muß ich eben wieder entmischt werden«, sagte Pülcher und bewegte die Füße, damit ihm das Schwein, das natürlich wieder dabei war, nicht auf die Zehen trat. »Noch eine Nacht wie die beiden letzten, und ich bin flach wie ein Keks.«

Also begab sich der Teufel hinauf auf die Welt zu Pülchers Haus, und als niemand in der Nähe war, stahl er die Urne, brachte sie in die Hölle und schüttete ihren Inhalt in einen abgelegenen Winkel.

»Hier sind eure Überreste!« sagte er zu Pülcher. »Du mußt den Anteil des Schweins selber aussortieren, vorausgesetzt, du kannst einen Unterschied erkennen.«

»Zwischen meiner Asche und der Asche eines Schweins muß es ja wohl einen Unterschied geben«, sagte Pülcher.

Und auf der Stelle machte er sich mit viel Hoffnung, einer Pinzette und einem gewaltigen Vergrößerungsglas ans Werk.

Tag für Tag saß Pülcher in dem Winkel und mühte sich ab, während das Schwein, den Rüssel auf seinem Knie, neben ihm lag und ihn anblickte. Nach einem Jahr hatte er einen Fingerhut voll Asche ausgesondert, die er für die Asche des Schweins hielt, weil sie eine leicht unterschiedliche Grauschattierung zeigte. Nach zwei Jahren und zwei Fingerhüten voll dünkte es ihm, daß er sich nicht irrte, denn die Anhänglichkeit des Schweins schien bereits nachzulassen. Sein Blick war nicht mehr immerzu auf Pülchers Gesicht geheftet, und es gewöhnte sich an, gelegentlich ein, zwei Stunden allein herumzubummeln. Pülcher war entzückt und stürzte sich mit neuem Elan in seine Arbeit.

Nach drei Jahren, als das Schwein nur noch zum Mittagessen vorbeischaute, starb Frau Pülchers Hausmädchen an zuviel schlechter Laune und traf, noch Besen und Kehrblech in der Hand, in der Hölle ein. Das erste, was es erblickte, waren die beiden Aschehäufchen in dem abgelegenen Winkel, in dem Pülcher so lange geschuftet hatte. Es war einer der seltenen Augenblicke, in denen sie unbeaufsichtigt lagen.

»Nette Zustände!« sagte das Hausmädchen.

Es fegte die beiden Häufchen zu einem zusammen, fegte das eine Häufchen auf sein Kehrblech, trug alles hinaus ins Freie und verscharrte es vorm Tor.

Von all dem bekam Pülcher nur mit, daß in einem Augenblick die Asche verschwunden und im nächsten das Schwein wieder ganztägig bei ihm war. Doch nach einer Weile, als er den ersten bösen Schock verwunden hatte, fand er sich damit ab. Sie waren wieder Tag und Nacht beisammen, und er ließ es sich anstandslos gefallen. Bald ging er sogar noch weiter. Er erkannte, daß das Schwein ihm eigentlich gute Gesellschaft leistete

und überhaupt weit und breit sein bester Freund war. Nach nicht einmal hundert Jahren hatte er ihm sogar Rommé beigebracht, wobei es ihn immer schändlich betrog.

Das Hausmädchen wiederum ließ sich in einem anderen Teil der Hölle nieder und hielt seine Feuerstelle – wie seinen Kaminvorleger – blitzsauber.

# Perfekt

Es war einmal ein kleines Mädchen, das hieß Angelika und machte immer alles richtig. Angelika war zweifelsohne perfekt. Sie hatte bessere Manieren als jeder andere, und nicht nur das, sie hängte auch immer schön ihre Kleider auf den Bügel und vergaß nie, die Hühner zu füttern. Und nicht nur *das*, auch ihre Haare waren immer gekämmt, und sie kaute nie an den Fingernägeln. Viele Leute, die in allem nur gut- bis mittelprächtig waren, konnten sie deshalb überhaupt nicht ausstehen, doch das störte Angelika nicht. Sie blieb unbeirrbar perfekt und ließ den Dingen ihren Lauf.

Als der Teufel von Angelika erfuhr, war er empört.

»Nicht daß ich mich in der Regel auch nur einen Deut um Kinder kümmerte«, versuchte er sich vor sich selbst zu rechtfertigen. »Aber dieses Mädchen! Man stelle sich vor, was aus ihm wird, wenn es heranwächst – eine Frau, deren einziger Fehler darin besteht, daß sie keine Fehler hat.«

Der schiere Gedanke daran brachte ihn in Harnisch. Also stellte er eine Liste von Maßnahmen zusammen, von denen er hoffte, sie würden Angelika genügend zusetzen, daß sie, wenn alles nach Wunsch verlief, ihre Engelsgeduld verlöre.

»Wenn sie erst ein paarmal die Geduld verloren hat«, sagte der Teufel, »ist es aus, so jemand wird nie wieder perfekt.«

Es stellte sich jedoch heraus, daß dieses Unterfangen viel schwieriger war, als der Teufel gedacht hatte. Er verpaßte ihr Windpocken, dann einen brennenden Ausschlag durch giftigen Efeu und tausend Mückenstiche, doch sie kratzte sich nie – es schien sie nicht einmal zu jucken. Er richtete es ein, daß eine Kuh auf ihre Lieblingspuppe trat, doch sie vergoß keine einzige Träne. Statt dessen verzieh sie der Kuh sofort und in aller Öffentlichkeit und sagte, daß es ihr nichts ausmache. Als nächstes sorgte der Teufel dafür, daß wochenlang ihr Kakao zu heiß und ihre Hafergrütze zu kalt war. Doch auch das schlug fehl und ärgerte sie überhaupt nicht. Wahrlich, je schlimmer die

Dinge waren, desto mehr schien Angelika sie zu mögen, da sie ihr Gelegenheit boten zu zeigen, wie perfekt sie war.

Jahre verstrichen. Der Teufel hatte es mit jeder Maßnahme auf seiner Liste probiert bis auf eine einzige, und Angelika bewahrte noch immer ihre Engelsgeduld, und ihre Manieren waren immer noch besser als die aller anderen.

»Nun, einerlei«, sagte sich der Teufel, »denn was ich jetzt noch in petto habe, wird seine Wirkung tun. So viel ist sicher!«

Und er wartete geduldig auf den geeigneten Augenblick.

Als dieser Augenblick eintrat, hatte die letzte Maßnahme des Teufels tatsächlich die gewünschte Wirkung. Sie war ein regelrechter Volltreffer. Danach verlor Angelika mindestens einmal am Tag die Geduld, manchmal sogar noch häufiger, und nach einer Weile hatte sie ihre Geduld so oft verloren, daß sie nie wieder perfekt wurde.

Und wie hatte er das angestellt? Ganz einfach! Er hatte nur dafür gesorgt, daß sie einen perfekten Ehemann bekam, ein perfektes Haus und dann – ein gutes bis mittelprächtiges Kind.

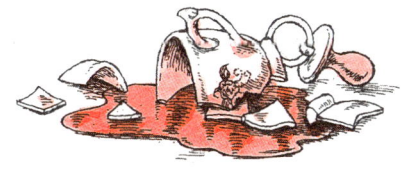

# Die Rose und der Unterteufel

Es war einmal ein Unterteufel, ein weiches, sentimentales Geschöpf, das eigentlich überhaupt nicht in die Hölle gehörte, doch, weiß der Himmel warum, auch sonst nirgendwohin. Dem Teufel war es peinlich, ihn in seiner Nähe zu haben, weil er sich so ganz anders als alle anderen verhielt. Also wurde für ihn ein Dienst ausfindig gemacht, der ihn außer Sichtweite hielt, und dieser Dienst bestand darin, die Schatzkammer des Teufels zu bewachen.

Der Unterteufel tat, was seine Pflicht war, das hieß, er saß tagaus, tagein in der Schatzkammer und tat nichts, da sich nie jemand diesem Ort näherte, und während er so saß, bestaunte er die tausend Gegenstände in den Regalen, alles, von den silbernen Krügen bis zu den goldenen Kälbern. Doch der Gegenstand, bei dem er am häufigsten verweilte, war eine große Porzellanvase, auf die unzählige Rosen gemalt waren. Er fand die Rosen wunderschön. Sie leuchteten in allen Farben des Regenbogens, und er wünschte sich nichts so sehr, als daß es genau solche Rosen in der Hölle gäbe.

Doch in der Hölle gab es keine Rosen, gleich welcher Farbe, und übrigens auch keine Regenbögen. Je häufiger aber der Unterteufel bei der Vase verweilte, desto mehr begehrte er welche, und schließlich ging er zum Teufel und fragte ihn, ob er einen Garten haben könne.

»Na, hör mal«, sagte der Teufel. »Das ist mir eine komische Bitte. Wozu in aller Welt brauchst du einen Garten?«

»Ich möchte was pflanzen«, sagte der Unterteufel. »Blumen.«

»Blumen?« ereiferte sich der Teufel. »Was für Blumen?«

»Oh«, sagte der Unterteufel zaghaft, »nur ein paar Rosen und so.«

»Bah!« sagte der Teufel. »Rosen? In der Hölle? Wie kommst du auf einen solchen Gedanken?«

»Durch die Porzellanvase in der Schatzkammer«, sagte der Unterteufel und wurde noch röter, als er ohnehin schon war. »Ich fürchte«, gestand er, »ich habe in meinem Herzen eine weiche Stelle für Rosen.«

»Was bist du nur für ein Unterteufel!« sagte der Teufel voller Ingrimm. »Eine weiche Stelle? In deinem Herzen? Du hast kein Herz! Und was weiche Stellen anbelangt, so weißt du, was sie bedeuten. Eine weiche Stelle an einem Apfel bedeutet, daß er schlecht wird, und ein schlechter Apfel kann ein ganzes Faß voll Äpfel verderben. Darum unterlaß in Zukunft das Geschwätz von Herzen und weichen Stellen. Und auch von Rosen! Rosen kommen überhaupt nicht in Frage. Wenn dir wirklich an einem Garten liegt, kannst du von mir aus einen haben. Aber ich verlange, daß du vernünftige Dinge anpflanzt, Bilsenkraut oder Schierling oder Fingerhut.«

»Ist gut«, sagte der Unterteufel betrübt, dann suchte er sich eine entlegene Stelle, bearbeitete den Boden mit einer Hacke und pflanzte Bilsenkraut, Schierling, Fingerhut und sogar ein wenig tödlichen Nachtschatten. Doch er war nicht zufrieden, auch nicht, als alles, was er gepflanzt hatte, wie Unkraut gedieh. Und genau das war es ja auch! Ihn verlangte immer noch nach Rosen.

Schließlich konnte er es nicht länger ertragen. Eines Nachts kroch er, was bei Unterteufeln gegen die Vorschrift ist, aus der Hölle und fand seinen Weg hinauf in die Welt, wo eben der liebliche Mai Einzug gehalten hatte. Er stibitzte einen kleinen Rosenstrauch und pflanzte ihn in den hintersten Teil seines Gartens, wo der Schierling hoch genug wuchs, daß er ihn vor Blicken schützte.

Der Unterteufel war bestürzt über seine eigene Kühnheit und zitterte bei dem Gedanken, was passieren würde, wenn man die Tat entdeckte. Doch lange Zeit argwöhnte niemand, daß in seinem Garten ein Rosenstrauch wuchs. Selbst der Teufel bewunderte beim Lustwandeln den Schierling und den tödlichen Nachtschatten und sagte dem Unterteufel mehrfach, daß der Garten eine gute Idee gewesen sei. Doch dann, eines Morgens, öffnete sich eine der Knospen des Rosenstrauchs zu einer Blüte – weiß und seidig wie die Faust eines Babys.

Der Unterteufel war hingerissen, als er die Blüte sah, doch gleich darauf fuhr ihm der Schreck in die Glieder. Wenn sie auch den Rosenblüten auf der Porzellanvase völlig glich und ihn aufs höchste entzückte, so besaß sie doch etwas, das den gemalten Rosen fehlte, und dieses Etwas war ihr Duft. Der Unterteufel hatte von dem Duft nichts gewußt. Und jetzt war die Luft in jenem Teil der Hölle über und über damit angefüllt.

Im Thronsaal sprang der Teufel auf und schnüffelte wie der Riese in ›Hans und die Bohnenranke‹, nur sagte er nicht »fe, fi, fo, fum«, sondern: »Was ist das für ein Geruch?« und rümpfte die Nase.

Er schnüffelt in alle Ecken und schaute in den letzten Winkel. Doch der Unterteufel, der genau

dies befürchtet hatte, pflückte eilig die einzige Blüte und begrub sie, so daß der Duft schließlich verwehte und verschwand.

»Hm!« sagte der Teufel. »Muß wohl ein böser Traum gewesen sein.«

Er zerbrach sich nicht weiter den Kopf darüber und ging seiner gewohnten Beschäftigung nach.

Der Unterteufel aber trauerte um die begrabene Blüte.

»Was sonst hätte ich tun sollen?« überlegte er mit einem Seufzer.

Und am nächsten Morgen ereignete sich natürlich genau dasselbe. Eine weitere Blüte öffnete sich, verströmte ihren Duft und mußte gepflückt und begraben werden.

Dieses Mal aber war dem Teufel klar, daß der Geruch kein Traum war.

»Es ist diese Plage von einem Unterteufel, das ist es«, sagte er sich. »Wenn er in seinem Garten keinen Rosenstrauch hat, fresse ich einen Besen. Morgen werde ich ihn auf frischer Tat ertappen.«

Am nächsten Tag stand der Teufel früh auf und ging geradewegs zum Garten des Unterteufels, von wo ihm der Rosenduft schon entgegenschlug. Natürlich spürte er im Handumdrehen den Rosenstrauch hinter dem Schierling auf, der, zierlich an ihrem Zweiglein nickend, eine weitere volle Blüte trug. Und nicht nur das: daneben kauerte der Unterteufel und war eben im Begriff, sie zu pflücken.

»Ha!« rief der Teufel triumphierend. »Was haben wir denn da?«

Der Unterteufel war gewiß ein weiches, sentimentales Geschöpf, doch wenn es darauf ankam, konnte er auch schlagfertig sein. Er zitterte zwar, doch nach einer Sekunde des Nachdenkens sagte er:

»Es ist Erntezeit. Ich ernte meine Dornen.«

»Dornen? Bei meiner Großmutter!« sagte der Teufel. »Das ist ein Rosenstrauch!«

»O nein, mein Gebieter«, sagte der Unterteufel. »Verzeiht, aber dieses ist ein Dornenstrauch. Schaut doch nur selber! Er trägt viel mehr Dornen als Blüten. Ich habe ihn eigens deshalb gepflanzt, und ich werde Euch alle Dornen übergeben, wenn die Ernte eingebracht ist.«

»Nicht möglich!« sagte der Teufel. »Nichtsdestotrotz, ist das, was du da in der Hand hältst, das weiße Ding, nun einmal zufällig eine Rosenblüte.«

»Ach, du Schreck!« sagte der Unterteufel. »Wirklich? Wie jammerschade! Die Dornen hätten wir so gut gebrauchen können.«

Der Teufel wußte sehr wohl, daß der Unterteufel wußte, daß der Strauch ein Rosenstrauch war. Darüber hinaus wußte der Unterteufel, daß der Teufel wußte, daß er es wußte. Doch die Vorstellung von einer Ernte piksiger Dornen behagte dem Teufel, denn was pikste, war in vielerlei Hinsicht nützlich. Also zuckte er schließlich mit den Schultern und sagte:

»Von mir aus! Du kannst, wenn du willst, mein erster und einziger Dornen- und Stachelgärtner werden. Doch rupf diesen gräßlichen Rosenstrauch sofort aus und pflanze statt dessen einen netten, großen Kaktus. Oh, und ehe ich es vergesse, besorg dir eine Dose schwarze Glasur und verpaß dieser Porzellanvase einen schönen, dicken Anstrich. Solange ich das Sagen habe, wird es in der Hölle keine Rosen mehr geben, auch keine gemalten.«

Da mußte der Unterteufel den Rosenstrauch ausrupfen und wegwerfen und hinter den Schierling einen Kaktus pflanzen. Das machte ihn sehr traurig. Und noch trauriger machte es ihn, die Porzellanvase anzustreichen. Doch wußte er auch, daß er noch einmal glimpflich davongekommen war, und pflegte deshalb seinen Garten ohne Murren und brachte viele Rekordernten an Kaktusstacheln ein.

Er bewachte auch weiterhin die Schatzkammer, obwohl ihm der Anblick der Porzellanvase, jetzt, da sie schwarz angestrichen war, keine Freude mehr bereitete.

Eines Tages, lange Zeit danach, kam aus irgendeinem Grund der Teufel herein, und als er die Vase erblickte, sagte er:

»Was hat das häßliche Ding hier zu suchen? Trag es hinaus und wirf es weg!«

Er hatte die Rosen völlig vergessen.

Der Unterteufel tat, was der Teufel von ihm verlangte. Er trug die Vase hinaus und warf sie auf den Kehricht. Dabei zerbrach sie in viele Stücke, und etwas von der schwarzen Glasur blätterte ab. Auf einer der Scherben, von denen sich die Farbe gelöst hatte, war deutlich eine Rose zu sehen – weiß und seidig wie die Faust eines Babys.

Der Unterteufel nahm die Scherbe, glättete ihre scharfen und gezackten Kanten und trug sie heim, um sie für immer und ewig unter seinem Kopfkissen aufzubewahren. Auf diese Weise hatte er einen Schatz ganz für sich allein, wodurch die Hölle doch noch ein schönerer Aufenthaltsort für ihn wurde, die Hölle, in die er eigentlich nicht gehörte, obwohl man ihn sich, weiß der Himmel warum, auch sonst nirgendwo vorstellen konnte. Eine gemalte Rose war natürlich nicht dasselbe wie eine wirkliche, doch sie war immerhin besser als nichts.

Das Wissen, daß sie sich unter seinem Kopfkissen befand, machte den Unterteufel auf eine kleine und heimliche Weise glücklich, und niemand wußte davon, außer ihm selbst.

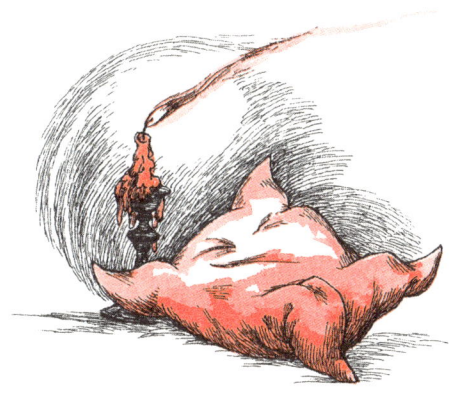

# Die Macht der Sprache

Viele Menschen glauben, jeder Ziegenbock auf der Welt müsse einmal täglich hinunter in die Hölle, um sich vom Teufel den Bart kämmen zu lassen, doch das ist glatter Unsinn. Der Teufel hat überhaupt nicht die Zeit, um allen Ziegenböcken der Welt die Bärte zu kämmen, selbst wenn er es gern wollte, was er natürlich nicht tut. Wer würde das schon gern wollen? Erstens gibt es viel zu viele Ziegenböcke, und zweitens sind ihre Bärte fast alle in einem grauslichen Zustand, durchsetzt von Ziepern, Kletten und dem Milchsaft der Kuhblumen.

Gleichwohl liebt der Teufel, ob er nun gern oder ungern ihre Bärte kämmen würde, Ziegenböcke über alles, und er hält immer den einen oder anderen in seiner Nähe, gewissermaßen als Haustier. Er behandelt sie auch leidlich gut, und die Ziegenböcke zahlen es ihm auf gleiche Weise heim, mal leidlich, mal gut, was mit ein Grund dafür ist, daß der Teufel sie so sehr mag, denn Ziegenböcke sind hundertprozentig unsentimental.

Nun gab es auf der Welt einmal einen Ziegenbock, auf den der Teufel schon lange ein Auge geworfen hatte. Es war ein großer, kräftiger Ziegenbock mit gekrümmten Hörnern, und er wurde auf jeder Ausstellung im Umkreis von Meilen mit Preisen ausgezeichnet.

»Diesen Ziegenbock will ich haben«, sagte sich der Teufel, »und damit ist es mir ernst, selbst wenn ich ihn an seinem Bart hier herunterzerren muß.«

Doch das war eine überflüssige Drohung, und der Teufel wußte es, denn Tiere, und ganz besonders Ziegenböcke, sind ganz und gar nicht wie Menschen, wenn es um Gut und Böse geht. Tiere können zwischen den beiden nicht unterscheiden. Himmel und Hölle bedeuten ihnen ein und dasselbe, besonders Ziegenböcken. Der Teufel brauchte gewissermaßen nur zu der Hütte hinaufzugehen, die der Ziegenbock sein Zuhause nannte, und ihn fortzuführen.

Der einzige Haken dabei war, daß die alte Frau, der der Ziegenbock gehörte, nicht aus Dummsdorf stammte. Sie wußte, wie sehr der Teufel Ziegenböcke liebte, und sie wußte ebenso, wie sehr er Glocken haßte. So hielt sie also den Ziegenbock –

der übrigens Walpurgius hieß – an einem Baum in ihrem Hof festgebunden und hängte ihm eine kleine Glocke um den Hals. Walpurgius haßte Glocken gleichfalls, doch es fehlte ihm jede Möglichkeit, sich dahingehend zu äußern, und es gab nichts, was er gegen seine eigene Glocke hätte tun können, außer völlig reglos dazustehen, um sie am Bimmeln zu hindern. Dies wiederum ließ Passanten zu dem Schluß kommen, daß er nur ein ausgestopfter, zum Verkauf stehender Ziegenbock sei und gar kein echter. Viele Leute kamen deshalb an die Tür der alten Frau, um sich nach dem Preis zu erkundigen, so daß sie schließlich ein Schild aufstellte mit dem Hinweis: Dies ist ein echter Ziegenbock. Danach hatte sie wieder ein wenig Ruhe und Frieden. Walpurgius freilich kümmerte dies alles überhaupt nicht, ihm war es völlig schnurz, was irgendwelche Leute von ihm dachten.

Den Teufel kümmerte es genausowenig, was irgendwelche Leute dachten. Doch den Ziegenbock wollte er immer noch haben. Er ließ sich das Problem mit der Glocke durch den Kopf gehen, erwog diese oder jene Lösung, doch schließlich verließ er in der Hoffnung, daß er im rechten Augenblick schon eine Eingebung haben würde, die Hölle und trat an die Tür der alten Frau, um ein wenig mit ihr zu schwatzen.

»Hör zu«, sagte er, als sie auf sein Klopfen öffnete. »Ich will und muß deinen Ziegenbock haben.«

Die alte Frau musterte ihn von oben bis unten und ließ sich nicht aus der Ruhe bringen.

»Geht hin und holt ihn Euch!« sagte sie. »Wenn Ihr das schafft, gehört er Euch.«

Der Teufel blickte auf den Hof zu Walpurgius, der festgebunden bei seinem Baum stand.

»Wenn ich ihn losbinde, bimmelt die Glocke, und ich kann Glocken nicht ausstehen«, sagte er schaudernd.

»Ich weiß«, sagte die alte Frau zufrieden.

Der Teufel schluckte seinen Ärger hinunter und versuchte es mit einer anderen bekannten Taktik.

»Ich gebe dir, was immer du möchtest«, sagte er, »wenn du dort hinübergehst und die elende Glocke entfernst. Ich mache dich zur Königin der Welt.«

Die Frau lachte gackernd.

»Ich habe meine Hütte, meinen Ziegenbock und auch sonst alles, was ich brauche«, sagte sie. »Warum sollte ich mir Schereien als Königin einhandeln? Es gibt nichts, was Ihr für mich tun könnt.«

Der Teufel knirschte mit den Zähnen.

»Es zeugt von boshafter Denkungsart, einem Ziegenbock eine Glocke umzuhängen«, fauchte er. »Wenn er mein Ziegenbock wäre, würde ich ihm das niemals antun. Ich wette einen Eimer Schwefel, daß er die Glocke haßt.«

»Spart Euch Euren Schwefel!« sagte die alte Frau. »Er ist nur ein Ziegenbock. Ihn stört es nicht.«

»Er würde es dir schon stecken, wenn er sprechen könnte«, sagte der Teufel.

»Mag sein«, sagte die alte Frau. »Ich habe mir oft gewünscht, daß er sprechen könnte, man würde so manches erfahren. Doch solange er es nicht kann, halte ich ihn so, wie es mir paßt. Also, lebt wohl!«

Und sie schlug ihm die Tür vor der Nase zu.

Da hatte der Teufel genau die Eingebung, auf die er gehofft hatte. Er eilte hinunter in die Hölle und war in Minutenschnelle mit einem kleinen Kuchen zurück, in den er die Macht der Sprache gemengt hatte. Er schubste ihn Walpurgius unter die Nase, und der Ziegenbock fraß ihn auf. Der

Teufel aber verwandelte sich in eine Feldmaus, versteckte sich im Gras und wartete ab.

Nach einer Weile schüttelte sich Walpurgius, was die Glocke zum Bimmeln brachte, worauf er sein Maul auftat und ein höchst unfeines Wort von sich gab. Allergrößte Überraschung stand in seinem Gesicht zu lesen, als er sich sprechen hörte. Weit riß er die Augen auf. Dann aber kniff er sie wieder zusammen und versuchte sich in weiteren unfeinen Wörtern, und alle gelangen ihm aufs beste. Walpurgius grinste so breit, wie Ziegenböcke überhaupt grinsen können. Er schritt von seinem Baum quer über den Hof, bis der Strick sich spannte, und rief in rüdem Ton:

»Heda, du in der Hütte!«

Die alte Frau kam an die Tür und streckte ihren Kopf heraus.

»Wer da?« fragte sie und blickte argwöhnisch umher.

»Ich bin's! Walpurgius!« sagte der Ziegenbock. »Komm her und nimm mir diese Glocke ab!«

»Dann *kannst* du also sprechen!« bemerkte die alte Frau.

»So ist es!« sagte Walpurgius. »Und ich möchte diese Glocke loswerden. Jetzt! Auf der Stelle! Mach voran!«

Die alte Frau starrte den Ziegenbock an, dann verschränkte sie die Arme.

»Ich hatte keine Ahnung, daß du die Sorte Ziegenbock bist«, sagte sie.

»Hol mich der Teufel!« sagte Walpurgius unbedacht. »Wen interessiert das schon? Die Glocke hier, von der rede ich. Komm jetzt und nimm sie mir ab!«

»Das kann ich nicht«, sagte die alte Frau. »Wenn ich das tue, holt dich der Teufel.«

»Wenn du das nicht tust«, sagte der Ziegenbock, »werde ich schreien und Krawall schlagen.«

»Dann schrei«, sagte die alte Frau. »Ich hab jedenfalls keine andere Wahl.«

Sie ging in ihre Hütte zurück und schloß die Tür.

Walpurgius fing also zu schreien an. Er schrie sämtliche unflätigen Wörter, die er kannte, und er schrie sie laut und deutlich und schrie sie von neuem und abermals, daß die ganze Umgegend von ihnen widerhallte, bis schließlich die alte Frau aus ihrer Hütte trat und sich mit den Fingern die Ohren zuhielt.

»Hör sofort auf damit!« brüllte sie den Ziegenbock an.

Walpurgius hörte zu schreien auf.

»Dann tu was!« sagte er.

»Worauf du dich verlassen kannst!« sagte die alte Frau. »Und euch beiden wird recht geschehen. Wenn ich gewußt hätte, welche Sorte Ziegenbock

du bist, hätte ich es gleich zu Anfang getan. Der Teufel verdient einen Ziegenbock wie dich.«

Sie entfernte die Glocke und ließ Walpurgius frei. Flugs huschte der Teufel aus dem Gras und nahm den Ziegenbock geradewegs mit hinunter in die Hölle.

Das Seltsame um die Macht der Sprache ist nun aber, daß der Teufel sie verleihen, jedoch nicht wieder nehmen kann. Eine Zeitlang war es zwar amüsant, einen sprechenden Ziegenbock in der Hölle zu haben, doch nur eine kurze Zeitlang, denn Walpurgius hatte ständig etwas zu meckern. Unzufrieden wäre er auch sonst gewesen, nun aber, da er es auch mitteilen konnte, war das etwas anderes. Die Luft sei zu heiß, sagte er, oder das Futter zu trocken, oder es gebe schlicht und einfach nichts zu tun, als dumm herumzustehen.

»Ebensogut könnte ich wieder eine Glocke tragen, bei der Bewegung, die ich mir hier verschaffen kann«, sagte Walpurgius.

»Sprich nicht von Glocken!« sagte der Teufel.

Und da hatte Walpurgius genau die Eingebung, auf die er schon eine ganze Weile gehofft hatte. Er begann sämtliche Glockenlaute von sich zu geben, die er kannte. Er gab sie laut und deutlich von sich – Kling! Dong! Bimmelim! Gong! – und noch einmal und abermals, bis die ganze Hölle von ihnen widerhallte.

Schließlich erhob sich der Teufel und steckte sich die Finger in die Ohren.

»Hör auf damit!« brüllte er den Ziegenbock an.

Walpurgius hörte auf.

»Dann tu was!« sagte er.

»Worauf du dich verlassen kannst!« sagte der Teufel.

Ruck, zuck verwandelte er Walpurgius in einen ausgestopften Ziegenbock, brachte ihn zurück zu der alten Frau und band ihn an den Baum auf ihrem Hof.

Als die alte Frau bemerkte, daß der Ziegenbock wieder da war, eilte sie hinaus, um nachzusehen, wie es um ihn stand. Und als sie sah, wie es um ihn stand, sagte sie zu sich:

»Nun, das kommt davon, wenn man zuviel redet.«

Dennoch band sie ihm die Glocke um den Hals und ließ ihn dort stehen, und weil das Schild auch noch da war und immer noch verkündete: Dies ist ein echter Ziegenbock, bemerkte nie jemand den Unterschied.

Und alle waren's zufrieden – bis auf Walpurgius.

# Die Wahrsagungen
# der Madame Organza

Es gab einmal eine Wahrsagerin, die nicht eben viel von ihrem Geschäft verstand. Ganz gleich, wer an ihre Tür klopfte, um sich von ihr wahrsagen zu lassen, nie fiel ihr irgend etwas anderes ein, als ewig die gleichen drei Dinge: »Du wirst einem großen, dunklen Fremden begegnen«; »Du wirst eine lange Reise antreten«; und »Du wirst einen Topf mit Gold finden«. Dazu lieferte sie den üblichen Hokuspokus mit einer Kristallkugel und Singsang, und das alles in einer finsteren, kleinen Stube, die nur von einer einzigen Kerze erhellt war. Sie trug sogar einen Turban, an dem ein großer Edelstein aus Glas klebte – direkt vorne in der Mitte, wo er nicht zu übersehen war. Alles in allem ein stimmiges Ambiente, wie man zugeben muß, doch kam es nun einmal auf die eigentlichen Wahrsagungen an, und da sich von diesen nicht eine jemals erfüllte, dauerte es nicht lange, und niemand klopfte mehr an ihre Tür, so daß sie sich gezwungen sah, für ihr Auskommen Wäsche ins Haus zu nehmen. Für alle Fälle ließ sie aber das Schild an ihrer Tür, auf dem WAHRSAGEN DURCH MADAME ORGANZA geschrieben stand, obwohl ihr eigentlicher Name Liesbeth war.

Nun traf es sich, daß in einer dunklen Nacht ein paar Diebe mit einem Tornister voll Geld, das sie andernorts gestohlen hatten, durchs Dorf strolchten. Sie fanden schließlich in einer Scheune Unterschlupf, in der sie am nächsten Morgen schnarchend von dem Bauern entdeckt wurden, dem die Scheune gehörte. Er verjagte sie so couragiert mit der Heugabel, daß sie ihre Beute auf dem Heuboden versteckt zurücklassen mußten und sich auch nicht wiederzukommen trauten.

Später am selben Morgen nahm der Bauer eine Kuhmagd in Stellung, die, da sie noch neu am Ort war und niemand es für notwendig hielt, sie zu warnen, gleich mit ihrem ersten Tagelohn loszog, um sich wahrsagen zu lassen. Madame Organza setzte den Turban auf, zündete die Kerze an, murmelte und summte eine Weile eintönig vor sich hin und sagte dann: »Du wirst einen Topf mit Gold finden.«

»Is' ja doll!« sagte die Kuhmagd. Sie sprang heim und kletterte die Leiter zum Heuboden hinauf, um in Ruhe und Frieden Pläne für die Zeit zu schmieden, da sie reich wäre. Und natürlich setzte sie sich auf den Tornister der Diebe und zog ihn unter sich hervor und öffnete ihn. Und da war ihr Gold, etliche große Hände voll glitzernder Münzen, genau wie ihr gewahrsagt worden war.

»Doll!« sagte die Kuhmagd zum zweiten Mal. Sie schloß den Tornister, kletterte die Leiter hinunter und machte sich auf die Suche nach dem Bauern.

»Bitt' schön«, sagte sie, »gehört der Tornister dir?«

»Nein«, sagte der Bauer, »mir nicht.«

»Doller geht's nimmer!« sagte die Kuhmagd.

»Dann gehört er mir, nämlich genau das hat Madame Organza gesagt, daß ich finde.« Und sie ließ den Bauern einen Blick auf das Gold im Tornister werfen. Dann ging sie davon in die Stadt, um ein neues Leben zu beginnen, und man hörte nie wieder etwas von ihr, nur der Bauer meinte, sie dort später noch einmal gesehen zu haben, wie sie in einer Kutsche vorbeirollte, mit Straußenfedern am Hut und einem kleinen weißen Hund auf dem Schoß.

Ihre Geschichte aber hatte bald im ganzen Dorf die Runde gemacht, und ein solcher Tumult setzte ein, daß unten in der Hölle der Teufel die Ohren spitzte und sagte: »Was soll der Rabatz?« Als er herausgefunden hatte, was vorgefallen war, lächelte er ein breites Lächeln und begab sich flugs hinauf in die Welt, um nachzusehen, was er tun könnte, um noch ein wenig mehr Unruhe und Verwirrung zu stiften, denn ihm schwante, daß sich die Geschäfte der Madame Organza nun zum Besseren wenden würden.

Und das war natürlich auch der Fall. Die Schlange der Leute, die darauf warteten, daß man ihnen wahrsagte, reichte bis zum Fluß und halb wieder zurück, und jedermann im Dorf war so aus dem Häuschen, daß alles andere darüber glatt vergessen wurde: Kühe blieben ungemolken, Schweine ungemästet, und das Brot lag so lange im Back-

ofen, daß es verkohlte. Und Madame Organza, die selbst fest glaubte, daß sie irgendwie den Kniff endlich heraus hatte, wahrsagte, was das Zeug hielt, obwohl ihr immer noch nichts anderes einfallen wollte als die ewig gleichen drei Dinge.

Während der darauffolgenden Tage veränderte sich das Dorf, dank der Einmischung des Teufels, noch mehr. Zweiundzwanzig Leute fanden Töpfe mit Gold und zogen für ihr weiteres Leben in die Stadt, wo sie bald unglücklich wurden, was sie natürlich niemals zugegeben hätten. Weitere siebenunddreißig traten eine lange Reise an, die in Weltgegenden wie Borneo oder Peru endete. Ohne die geringste Möglichkeit zurückzukehren, waren sie gezwungen, für ihren Lebensunterhalt Bambus zu schneiden oder hoch in den Anden Lamaherden zu hüten.

Allen übrigen waren große, dunkle Fremde begegnet, die überall herumlungerten und im Weg standen und überhaupt mit ihren schwarzen Hüten und Mänteln und ihren langen, schwarzen Bärten die verbliebenen Dorfbewohner dermaßen erschreckten, daß sie um nichts in der Welt bleiben wollten und eilends bei Verwandten in den Nachbardörfern Zuflucht suchten, was zu unablässigen Reibereien führte.

Schließlich waren nur noch Madame Organza und die Fremden im Dorf, und da die Fremden sich um die verwaisten Kühe und Schweine kümmerten und nicht wollten, daß man ihnen wahrsagte, entfernte Madame Organza ihr Schild endgültig und verlegte sich wieder darauf, ganztägig Liesbeth zu sein. Sie nahm die Wäsche der Fremden ins Haus, die ganz und gar schwarz war, und sie war's alles in allem zufrieden und klagte nicht. Ihre Kristallkugel aber stellte sie in den Garten zwischen die Stiefmütterchen, wo sie sich sehr vorteilhaft ausnahm, vor allem wenn die Sonne schien.

# Gerechtigkeit

Es gibt nur selten Überraschungen in der Hölle. Wenigstens ist der Teufel noch selten überrascht worden – im Grunde genommen nur das eine Mal, als jemand ein Rhinozeros sichtete.

»Absurd!« sagte der Teufel.

»Ich wurde davon unterrichtet«, sagte der Oberunterteufel, der ihm die Nachricht überbrachte. »Pflichtgemäß habe ich mich selber überzeugt. Es treibt sich draußen herum, ist topfit, hat volle Lebensgröße und ein Loch mitten durch sein Horn. Es stampft und schnaubt und keucht und macht auf mich einen irgendwie gereizten Eindruck.«

»Was wird es wohl wollen?« sagte der Teufel. »Nun, kümmern wir uns einfach nicht darum. Vielleicht entfernt es sich von selbst.«

Just an diesem Tag traf ein Mann namens Pengs unerwartet in der Hölle ein. Pengs war ein gewaltiger Jäger gewesen, der in seinem Leben überall auf der Welt auf die Pirsch gegangen war und mit seiner Donnerbüchse der Menschheit zu einer stetigen Flut an Schirmständern aus Elefantenfüßen, Muffs aus Kaninchenfellen, Kleiderhaken aus Rentiergeweihen und anderen nützlichen Gegenständen mehr verholfen hatte, bis er an dem fraglichen Tag rücklings in eine Boa Constrictor geriet. Die Boa Constrictor ergriff sowohl die Gelegenheit als auch Pengs und umschlang den Jäger so fest, daß er sich, ehe er wußte, wie ihm geschah, vorm Tor zur Hölle wiederfand, außer Atem und sehr zu seiner Überraschung.

»Das nenne ich Glück!« sagte der Teufel, als Pengs hereingeführt wurde, damit er sich ihm vorstellte. »Du bist genau der Typ, den wir brauchen, das trifft sich gut. Bei uns läuft nämlich ein Rhinozeros frei herum, und wir können unmöglich zulassen, daß es wie wild durch die Gegend schnaubt und die Leute kirre macht. Geh und fang es ein! Wir werden es in einen Pferch sperren und für die Besichtigung Eintritt verlangen.«

»Hör zu«, sagte Pengs, der inzwischen seinen Atem ebenso zurückgewonnen hatte wie seine Großmäuligkeit, »ich denke gar nicht daran, mir ein Bein auszureißen, nur um das Biest lebend herzubringen.«

»Pengs, Pengs«, sagte der Teufel, »du mußt noch eine Menge lernen. Gewehre sind hier unten nicht gebräuchlich, du mußt den Auftrag mit einem Netz erledigen. Doch sei vorsichtig! Dieses Rhinozeros hat mitten durch sein Horn ein Loch, und man berichtet mir, es wirke irgendwie gereizt.«

»Ein Loch mitten durchs Horn?« sagte Pengs und erblaßte.

»So ist es«, sagte der Teufel.

»Auweia«, sagte Pengs. »Dieses Loch – es könnte von mir stammen.«

»Würde mich kein bißchen wundern«, sagte der Teufel. »Und jetzt zieh Leine und tu, was man dir sagt.«

So blieb Pengs nichts anderes übrig, als sich ein großes Netz zu besorgen und durch die Hölle zu pirschen, um das Rhinozeros aufzuspüren. Es versteht sich von selbst, daß er ohne sein Gewehr eine Heidenangst hatte, daß er es womöglich finden könnte. Er suchte den ganzen restlichen Tag und bekam nicht die Spur von einem Rhinozeros zu Gesicht, doch er konnte deutlich das Stampfen, Schnauben und Keuchen hören, und immer klang es, als müßte es ganz in der Nähe sein. Bei Sonnenuntergang jedoch, als Pengs sein Zelt aufstellte, brach das Rhinozeros aus dem Dickicht wie ein Bus, der ohne Bremsen bergabwärts rast, und jagte ihn die ganze Nacht über kreuz und quer durch die Hölle. Erst bei Tagesanbruch verschwand es.

Das geschah drei Tage hintereinander, dann sprach der völlig übernächtigte Pengs beim Teufel vor.

»Sieh mal«, sagte er, »von Rechts wegen sollte ich das Rhinozeros jagen, ich weiß, ich weiß, doch statt dessen hat es den Anschein, als jagte es mich. Immer die ganze Nacht, und dann verschwindet es. So kann es nicht weitergehen – nicht mehr lange, und ich bin fix und fertig.«

»Nicht weitergehen?« fragte der Teufel. »Natürlich geht es weiter. Früher oder später wirst du das

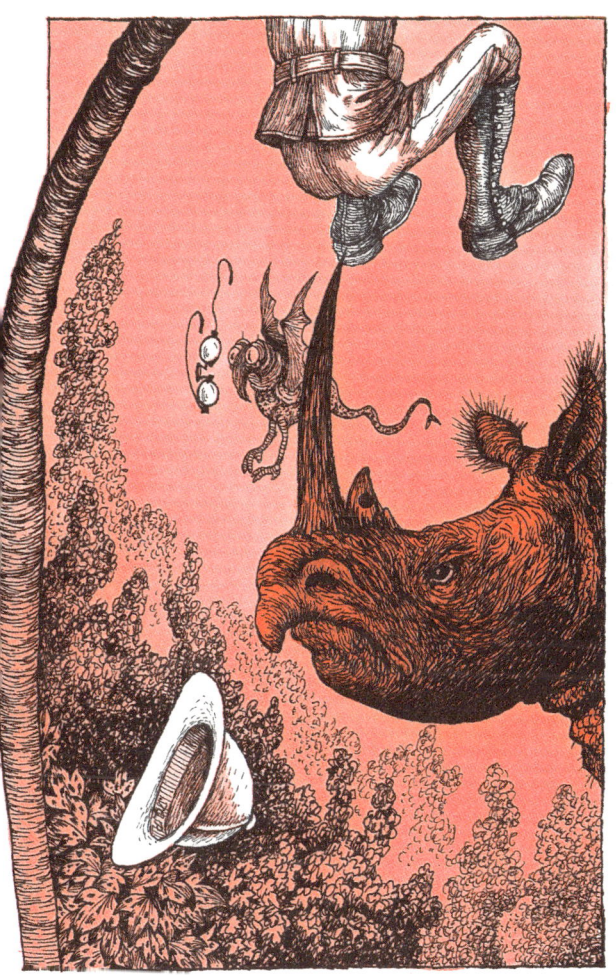

Rhinozeros schon einfangen. Ich verlasse mich auf dich und möchte dich erst wiedersehen, wenn der Auftrag ausgeführt ist.«

Also schleppte sich Pengs zurück auf die Pirsch. Er versuchte tagsüber zu schlafen, doch das fiel ihm schwer bei all dem Stampfen und Schnauben und Keuchen ganz in seiner Nähe. Und sobald die Sonne unterging, brach das Rhinozeros aus dem Dickicht und jagte ihn bis in den Morgen.

Nach drei Wochen war Pengs erledigt und seine Stiefel ebenso. Er ließ die Pirsch Pirsch sein und machte es sich zur Gewohnheit, wie die Tiere in freier Wildbahn zu leben, immer wachsam, immer die Ohren gespitzt und nur mit einem Auge schlafend. Er grub sich ein Loch als Versteck. Doch wenn er gegen Abend herausgekrochen kam, um sich ein Nachtmahl zu bereiten, tauchte todsicher das Rhinozeros auf, und los ging die stampfende Jagd, bis zum Morgengrauen.

»Naja«, sagte der Teufel nach einer Weile.

»Sieht ganz so aus, als machte Pengs das Zweitbeste aus der Sache. Das Rhinozeros fängt er vielleicht nicht, doch er sorgt wenigstens dafür, daß es beschäftigt ist.«

»Wahr, wahr«, sagte der Oberunterteufel.

»Dann könnten wir ihm das doch auch weiterhin überlassen«, sagte der Teufel. »Gib die Meldung aus, daß die Gefahr gebannt ist.«

Von da an schickt der Teufel im Monatsabstand jemanden hinaus mit frischem Heu für das Rhinozeros und – der Gerechtigkeit halber – einem Paar neuer Stiefel für Pengs.

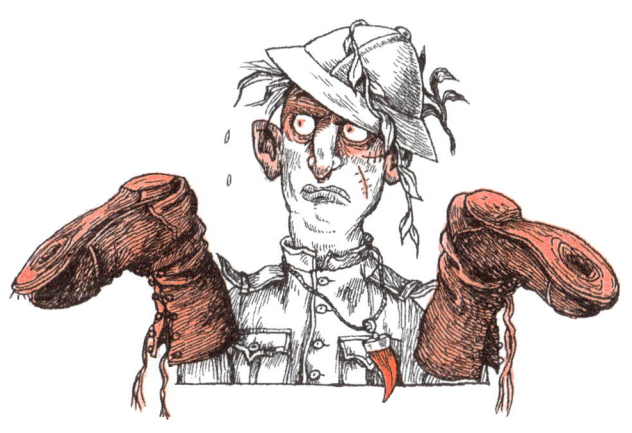

# Der Soldat

Es war einmal ein kampferprobter Soldat, für den es nichts zu tun gab, weil in der ganzen weiten Welt kein Krieg stattfand. Doch er tat sein möglichstes, hielt seinen Degen glänzend, polierte seine Stiefel und übte auf einer öffentlichen Straße das Marschieren, links, rechts, links, rechts. Helmbusch und Quasten nickten und hüpften auf und ab, und die Knöpfe seiner Jacke blinkten in der Sonne. Sein Anblick war alles in allem beeindruckend.

Eines Tages kam, verkleidet als steinalter Mann mit einem schwachen Knie und einer kräftigen Krücke, der Teufel des Wegs. Als er den Soldaten sah, blieb er stehen.

»Ich muß schon sagen!« rief er aus. »Schmuck, forsch – das nenn ich mir doch einen Anblick!«

Der Soldat salutierte schneidig.

»Danke, alter Mann«, sagte er. »Ich übe mich nur im Marschieren.«

»Das sehe ich«, sagte der Teufel. »Aber warum stehst du nicht irgendwo im Felde?«

»Es ist nirgendwo Krieg, zum Kuckuck!« sagte der Soldat und seufzte.

»Verzweifle nicht«, sagte der Teufel. »Es wird sich bestimmt bald etwas finden.«

»Will's hoffen«, sagte der Soldat, »es gibt nichts, was ich auch nur halb so sehr liebe. Ich habe einige wundervolle Kriege erlebt, alter Mann, wirklich wundervolle Kriege.«

»Ah!« sagte der Teufel. »Das bezweifle ich keinen Augenblick.«

»Ich habe gegen die Türken gekämpft bei Heliopolis«, sagte der Soldat voller Stolz.

»So?« sagte der Teufel. »Ich war übrigens auch dort.«

»Und ich war bei der Rebellion von Santo Domingo dabei«, sagte der Soldat.

»Gleichfalls«, sagte der Teufel.

»Wirklich?« fragte der Soldat stirnrunzelnd. »Nun, ich war auch mit Napoleon bei Austerlitz.«

»Wie ich«, sagte der Teufel.

»Hm«, sagte der Soldat. »Dann habt Ihr also manchen Kriegszug miterlebt.«

»O ja«, sagte der Teufel. »Offen gestanden, ich lasse mir keinen einzigen entgehen.«

»Dann werdet Ihr vermutlich auch behaupten wollen«, meinte der Soldat, »Ihr wart bei Waterloo dabei.«

»Ganz recht«, sagte der Teufel.

Der Soldat zog eine Braue hoch.

»Kommt, kommt, alter Mann«, sagte er. »Als nächstes werdet Ihr mir weismachen wollen, daß Ihr die Belagerung Trojas miterlebt habt und mit Cäsar nach Gallien gezogen seid.«

»Genauso ist es«, sagte der Teufel. »Ich war dabei.«

Der Soldat versuchte, sein Schmunzeln hinter der vorgehaltenen Hand zu verbergen, denn er glaubte nichts von dem, was er da hörte. Doch er beschloß, die Höflichkeit zu wahren, und sagte:

»Es scheint, ich habe noch ein Stück Wegs vor mir, bis ich mich mit Euch messen kann.«

»Ja«, sagte der Teufel, »das hast du.«

»Nun«, sagte der Soldat und schmunzelte wieder hinter vorgehaltener Hand, »ich muß weitermachen. Vielleicht sehen wir uns wieder, in der nächsten großen Schlacht.«

»Vielleicht«, sagte der Teufel, »ich werde gewiß zur Stelle sein.«

Und er ging, auf seine Krücke gestützt, weiter die Straße entlang und versuchte, im Gegensatz zu dem Soldaten, kein bißchen, sein Schmunzeln zu verbergen.

# Eine Bootsfahrt

Manche Leute glauben, die Hölle sei trocken wie Zwieback, doch davon kann keine Rede sein. Innerhalb ihrer Mauern gibt es vier ansehnliche Flüsse, und ein fünfter, der Styx, fließt ungehindert um sie herum.

Die Hölle hat den Styx, wie Burgen ihre Burggräben haben, nur daß über ihn keine Zugbrücke führt. Statt dessen muß man mit einer Fähre übersetzen, die von einem uralten Mann mit Namen Charon betrieben wird. Meistens schafft Charon seine Arbeit gut allein, doch eines Tages tauchte er mit einem Problem im Thronsaal auf.

»Was gibt's?« fragte der Teufel und legte den Roman, in dem er gerade las, beiseite.

»Nun«, sagte Charon, »auf der Welt haben sie irgendeinen Riesenschlamassel, falls Ihr es noch nicht bemerkt haben solltet.«

»Auf der Welt haben sie immer irgendeinen Riesenschlamassel«, sagte der Teufel gähnend. »Was ist schon dabei?«

»Schlamassel hin oder her«, sagte Charon, »sie kommen jedenfalls in Scharen herunter, und ich schaff's einfach nicht mehr. Ihr müßt ein zweites Fährboot einsetzen.«

»Ei was!« sagte der Teufel. »Ist ja großartig! Das will ich mir selber anschauen.«

Und wirklich wimmelte es am anderen Ufer des Styx nur so von Menschen, die darauf warteten, übergesetzt zu werden. Einige waren sehr ungehalten, daß sie sich die Beine in den Bauch stehen mußten, und wollten auch nicht einen Augenblick lang hübsch in der Reihe warten. Das Durcheinander aus Vogelbauern, Reisekoffern und Gepäckstücken, die kunterbunt auf einem Haufen lagen, war unbeschreiblich.

»Ich gebe schon mein Letztes«, sagte Charon zum Teufel, »doch Ihr seht ja selbst, was los ist.«

»Hmmm«, sagte der Teufel. »Immer mit der Ruhe. Ich selber werde dir zur Hand gehen. Könnte spaßig werden!«

Er ließ ein zweites Fährboot kommen – wie das Charons war es eher ein Floß –, stieg an Bord, griff die Stange und stakte gegen die Strömung. Er konnte es nicht so gut wie Charon, da ihm die Übung fehlte, doch traf er nicht viel später am

anderen Ufer ein, wo die ungeduldige Menge wartete.

»Ahoi!« sagte der Teufel. »Frauen und Kinder zuerst!«

Und da es keine Kinder gab – in der Tat sind nie welche dort –, kletterten drei alte Frauen auf das Floß, wo der Platz gerade für sie ausreichte, und los ging die Fahrt zurück über den Styx.

»Wer, meine Lieben, seid ihr denn?« fragte der Teufel die drei und beäugte ihre Seidengewänder und ihren Federschmuck.

»Wir sind Schwestern«, sagte die erste von den dreien. »Die letzten Abkömmlinge einer bedeutenden, uralten Familie. Von rechtem Schlag, wenn Ihr wißt, was ich meine.«

»Es ist uns ein Rätsel, wie wir unter dieses ordinäre Volk geraten sind«, sagte die zweite.

»Es kann sich nur um einen schrecklichen Irrtum handeln«, sagte die dritte.

»Ach ja?« sagte der Teufel lächelnd. »Ich werde es nachprüfen lassen.«

»Das will ich hoffen«, sagte die erste. »Wir können uns so etwas keinesfalls bieten lassen! Schaut Euch diese Horde doch nur an – Gesindel der übelsten Sorte! Man sollte meinen, daß hier jeder Hinz oder Kunz Einlaß erhält.«

»Man kann von uns nicht verlangen«, sagte die zweite, »daß wir uns unter tölpelhaftes Bauernvolk mischen.«

»Um nichts auf der Welt!« sagte die dritte.

»Es trifft allerdings zu«, sagte der Teufel, »daß wir hier unten Vertreter aller Schichten haben. Doch soweit ich informiert bin, verhält es sich im Himmel nicht anders.«

»Das glaube ich nicht!« sagte die erste. »Nicht im Himmel!«

»Ihr müßt falsch unterrichtet sein«, sagte die zweite. »In den Himmel kommen ausschließlich feine Leute.«

»Warum sollte man ihn sonst auch Himmel nennen?« sagte die dritte.

»Eine interessante Frage«, sagte der Teufel. »Sehr interessant!«

Während der ganzen Überfahrt gaben die drei mit ihren Protesten und Erklärungen keine Ruhe. Und als das Floß knirschend vor dem Tor der Hölle anlegte, weigerten sie sich, das Floß zu verlassen.

»Es ist uns unmöglich, dort hineinzugehen«, sagte die erste. »Ihr werdet das gewiß verstehen.«

»O ja«, sagte der Teufel. »Das verstehe ich gut.«

»Ganz undenkbar für Leute unseres Standes«, sagte die zweite.

»Wollt Ihr nicht schnell nachsehen, um was für einen Irrtum es sich handelt?« sagte die dritte. »Wir warten solange hier und nehmen, wenn alles geklärt ist, die nächste Fähre retour.«

Nun fließt der Styx geruhsam im Uhrzeigersinn rund um die Höllenmauer, und daß das eine lange Strecke ist, dürfte nicht verwundern. Die Strömung ist nicht gerade reißend, jedoch stetig. Und als der Teufel an Land gegangen war, stieß er mit seiner Stange die Fähre zurück in den Fluß, wo die Strömung sie mitsamt den drei Schwestern an Bord in einer sanften Kreiselbewegung davontrug. Danach ging er zurück in seinen Thronsaal, Charon sandte er einen Unterteufel zu Hilfe. Der

Teufel hatte nämlich die Nase voll und wollte seinen Roman zu Ende lesen.

Jahre vergingen, viele, viele Jahre, und die Schwestern trieben immer noch auf dem Styx um die Hölle. Anfänglich dachte der Teufel noch gelegentlich an sie, dann trat er vors Tor hinaus, wenn die Strömung sie wieder einmal vorübertrug, und er konnte ihre Proteste hören, unentwegt und stetig wie die Strömung des Styx.

»Krethi und Plethi«, sagten sie etwa. »Vagabunden und Streuner! Bürgerliche, Emporkömmlinge, Straßenpöbel! Nichts von unserem Stand!« Und dann wieder: »Eine Verwechslung! Warum wird das nicht endlich geklärt?«

Manchmal sahen sie den Teufel am Ufer stehen, und die erste alte Frau rief ihm zu:

»Hallo! Sagt, guter Mann – habt Ihr bezüglich unseres Falls die nötigen Erkundigungen eingezogen?«

Und der Teufel winkte ihnen, nickte und sah zu, wie sie langsam wieder davontrudelten und verschwanden. Dann lächelte er, ging zurück in seine Hölle und genehmigte sich ein Glas guten, kühlen Apfelwein.

Irgendwann aber vergaß er die drei. Nicht etwa, weil er zu beschäftigt gewesen wäre, nein, wirklich nicht! Er vergaß sie, weil sie nicht vom rechten Schlag waren.

# Wie Akbar nach Bethlehem zog

In der Hölle gibt es keine Kamele. Eigentlich sollte man meinen, daß es dort welche gäbe, denn Kamele haben haarsträubende Mucken. Von Anfang an, schon als noch alles neu war auf der Welt, gaben sie sich kratzbürstig, und daran hat sich bis heute nichts geändert. Von morgens bis abends tun Kamele nichts anderes, als übelgelaunt und ächzend in der Wüste herumzustiefeln, nach ihren Kindern zu treten – die jedesmal zurücktreten – und sich mit einer Stimme zu beklagen, die alles andere als wohltönend klingt. Dennoch gibt es in der Hölle keine Kamele. Jetzt jedenfalls nicht mehr.

Vor langer Zeit aber, als die Hölle noch dünn besiedelt war, gab es dort auch ein Kamel, ein großes, zotteliges Biest namens Akbar. Es war ein Ort ganz nach seinem Geschmack. Akbar war des Teufels Lieblingstier und konnte sich nach Lust und Laune frei bewegen. Es murrte und nörgelte überall herum und kräuselte über jeden verächtlich seine lange, gespaltene Lippe.

»O Akbar!« sagte der Teufel gelegentlich. »Was bist du doch für ein Trost!«

Akbar rümpfte darauf die Nase und zeigte zum Zeichen seiner Respektlosigkeit seine gelben Zähne, worüber der Teufel jedesmal so lachen mußte, daß er es ungestraft durchgehen ließ. Es war wie ein nettes, kleines Abkommen zwischen den beiden.

Eines Nachts, als auf der Welt Winter herrschte, erschien ein merkwürdiges Licht am Himmel, das dort noch nie zu sehen gewesen war. Alle in der Hölle, Oberunterteufel und Unterteufel und Teufelchen unterschiedlichsten Alters, bemerkten es und versammelten sich im Thronsaal, um zu erfahren, was es damit für eine Bewandtnis habe.

Der Teufel hatte das Licht auch gesehen und war fassungslos, obwohl er sich das nicht anmerken ließ.

»Es ist nur ein Stern«, sagte er. »Ihr habt doch alle schon einen Stern gesehen?«

»Aber keinen solchen«, sagten die Unterteufel. »Nie! Wir wissen nicht, was wir davon halten sollen.«

Und eines der jüngsten Teufelchen begann zu weinen.

»Es bedeutet nichts, glaubt mir«, sagte der Teufel barsch. »Marsch ins Bett, und laßt mich in Ruhe!«

Doch als sie gegangen waren, kletterte er aufs Dach seines Thronsaals und starrte auf das merkwürdige neue Licht am Himmel über der Welt, denn er wußte nur zu wohl, was geschehen war. Ein Kind war dort oben geboren worden, das ihm für alle Zukunft nichts als Verdruß bringen würde.

»Verdammt und zugenäht!« sagte der Teufel zu sich. »Ausgerechnet jetzt, wo es mit mir so schön bergauf geht.«

Wenn dieses Ereignis für den Teufel auch deprimierend war, so empfand er doch eine gewisse Neugier. Eines dunklen Nachts, nicht lange danach, verkleidete er sich als Araber, kletterte zwischen Akbars Höcker und ritt auf ihm hinauf in die Welt, um selber zu sehen, wie sich die Dinge dort entwickelten. Sie zogen von einer kleinen Stadt zur anderen und fanden jedermann so ruhig und friedlich, daß der Teufel sich ganz schwach und nutzlos fühlte.

»Nirgendwo Knatsch!« dachte er. »Überall das gleiche Bild!«

Doch er wagte es nicht, sich der einen kleinen Stadt zu nähern, über der das merkwürdige Licht am hellsten strahlte.

Sie gerieten in eine unbewohnte und trockene Gegend mit kaltem, schwarzem Sand und einem Wind, der den Teufel auf Akbars Rücken frösteln ließ. Ziellos umherirrend wälzte er immer noch sein Problem, als er nicht weit entfernt drei Lasttiere erblickte, die auf dem Kamm einer abgeflachten Düne vorüberzogen. Es waren Kamele, wie Akbar, doch sie trugen prächtig gewirkte Decken und waren mit Glöckchen und Troddeln behangen. Erhobenen Hauptes schritten sie da-

hin, und in ihren Sätteln, die aus Häuten und poliertem Holz gefertigt waren, saßen Reiter in Kleidern aus heller, weicher Wolle, in Streifen und feinen Mustern gewebt, mit breiten, gestickten und goldverzierten Tressen. Gold trugen die Reiter auch an den Fingern, und Gold schmückte ihren Hals. Einer hatte eine schmale, goldene Krone auf dem Haupt. Ihre Gesichter waren erleuchtet vom Glanz des Sterns, der jetzt tief am Himmel stand, und sie neigten sich ihm andächtig zu.

»Schau dir das an!« sagte der Teufel zu Akbar. »Die gehen dorthin, um das Kind zu verehren – da wette ich zehn gegen eins.« Er versuchte, eine verächtliche Miene aufzusetzen, doch der Anblick verursachte ihm Unbehagen.

Anstatt mit ihm gemeinsam die Nase zu rümpfen, gab Akbar aus seiner gekurvten Kehle einen nie gehörten Laut von sich, ein zärtlich sanftes Blöken. Dann ließ er sich überraschend auf die kräftigen, knotigen Knie seiner Vorderbeine sinken und warf den Teufel in den Sand.

»Was soll das?« brüllte der Teufel. »Wie kannst du es wagen?«

Doch Akbar blieb, den zottigen Kopf zu Boden geneigt, knien, bis die königlichen Kamele aus seinem Blickfeld entschwanden. Dann richtete er sich wieder auf und ließ ein mächtiges, glückliches Gurgeln hören, Töne wie aus einer mit süßer

Milch gefüllten Posaune, und trabte alleine weiter, immer auf der Spur der wundersamen drei, dem glänzenden neuen Stern hinterher.

»Verdammt!« schrie der Teufel ihm nach. »Du kannst doch nicht auch noch dorthin gehen!«

Doch Akbar konnte. Und er tat es. Der Teufel aber scheute sich, ihm zu folgen. Am nächsten Morgen, unten in der Hölle, fragte ihn jeder:

»Wo ist Akbar?«

Und der Teufel raunzte:

»Wen kümmert's? So jemand brauchen wir hier nicht.«

Und nie wieder war er versucht, sich ein Kamel zu halten.

# Der Wegweiser

Es gab einst ein Liebespaar, Gil und Flora, und beide glaubten, sie hätten einander ihr Herz geschenkt. Dabei waren sie kein bißchen füreinander geschaffen. Sie zankten sich wegen nichts und wieder nichts, gingen danach tagelang mit hochroten Gesichtern einher und weigerten sich, miteinander zu sprechen. Dann versöhnten sie sich wieder, und alles war eitel Wonne bis zum nächsten Mal. Eines Tages gerieten sie in den schlimmsten Streit, den sie überhaupt je gehabt hatten, und Gil sagte zu Flora:

»Jetzt reicht's mir! Ich gehe ins Wirtshaus von Argo, und dort werde ich sieben Tage lang warten. Wenn du versprechen kannst, daß du nie wieder Streit suchst, schicke mir eine Botschaft, und ich komme zurück und heirate dich.«

Und Flora antwortete:

»Du kannst, von mir aus, ins Wirtshaus von Argo gehen und auf immer dort bleiben. Denn du bist es, der Streit sucht, nicht ich.«

Gil verließ sie, hochrot im Gesicht, und machte sich zu Fuß auf den Weg.

Die Straße zog sich viele Meilen hin; dann teilte sie sich, führte ostwärts nach Argo und westwärts zu einer Stadt, die Balmor hieß. An der Gabelung stand ein Wegweiser mit Pfeilen in beide Richtungen. Als Gil den Wegweiser erreichte, schritt er nach Osten weiter und traf ohne Säumen in Argo ein, wo er sich ins Wirtshaus begab, um zu warten.

Vier Tage verstrichen. Zu Hause schmorte Flora und quälte sich, denn sie vermißte Gil immer mehr. Schließlich konnte sie es nicht länger ertragen. Sie schrieb ihm eine Botschaft folgenden Inhalts:

»Komm sofort zurück und heirate mich, ich werde versuchen, niemals wieder mit dir zu streiten.«

Sie übergab das Briefchen einem Boten mit einem schnellen Pferd und beauftragte ihn, im Galopp nach Argo zu reiten.

An eben jenem Tag spazierte der Teufel auf der Welt herum und hatte nichts anderes im Sinn, als irgendeinen Unfug anzustellen. Zufällig kam er an die Stelle, wo sich die Straße gabelte.

»Schau an!« sagte der Teufel. »Was für reizende Aussichten!«

Er drehte den Wegweiser um, so daß der Pfeil für Argo nach Balmor wies und der Pfeil für Balmor nach Argo. Dann setzte er seinen Weg fort, pfiff sich eins und kam, soweit man weiß, nie wieder dort vorbei, jedenfalls nicht während der folgenden Jahrzehnte.

Wenig später kam Floras Bote angepreßcht und wandte sich beim Wegweiser nach Westen, weil er es für die Richtung nach Argo hielt. Natürlich traf er nach einer Weile in Balmor ein und ging ins dortige Wirtshaus, um nach Gil zu suchen. Obwohl er es vom Keller bis zum Dach durchstöberte, konnte er keine Spur von ihm finden. Er ließ sich zu einem Krug Bier nieder, und als er wieder zu Atem gekommen war, machte er sich auf den Heimweg, um Flora zu berichten, daß Gil verschwunden sei.

Unterdessen schmorte Gil im Wirtshaus von Argo und quälte sich:

»Vier Tage! Und ich vermisse sie immer mehr. Streit hin oder her, ich gehe hin und heirate sie.«

Er verließ das Wirtshaus und eilte denselben Weg, den er gekommen war, zurück, wobei er natürlich auch an dem Wegweiser vorüberkam.

»Jemine!« sagte er (zu jenen Zeiten sagten die Leute häufig »Jemine!«). »Jemine, wie konnte das passieren? Ich war überhaupt nicht in Argo, sondern in Balmor. Es könnte glatt sein, daß Flora

schon eine Botschaft gesandt hat, und ich war nicht dort, um sie zu empfangen.«

Im Laufschritt hastete er nach Balmor, überzeugt, daß er dieses Mal nach Argo unterwegs war. Er hätte dabei sogar den Boten treffen können, der zur selben Zeit aus der entgegengesetzten Richtung kam, hätte der nicht gerade sein Pferd zu einem Bach geführt, um es zu tränken, so daß sie sich leider verpaßten.

Gil traf im Wirtshaus von Balmor ein und wartete dort die restlichen drei Tage ab. Doch eine Botschaft erhielt er nicht.

»Nun, damit wäre es klar«, sagte er. »Sie möchte mich nicht zurückhaben. Ich werde fortziehen in die Stadt und dort mein Glück versuchen.«

Und das tat er auch.

Der heimgekehrte Bote berichtete Flora, daß Gil nirgendwo zu finden gewesen sei.

»Nun«, sagte Flora, »damit wäre es klar. Er möchte mich nicht zurückhaben. Ich werde einen anderen heiraten müssen.«

Und das tat sie auch.

Ein Hausierer, der sowohl Argo als auch Balmor kannte, kam bald danach an dem Wegweiser vorbei und brachte alles wieder in die rechte Ordnung.

Gil machte sein Glück in der Stadt und heiratete ein Mädchen namens Bella, das ihn liebte und mit dem er nie in Streit geriet. Und Flora heiratete einen reizenden Mann namens Jarvis, mit dem sie, ohne jemals zänkisch zu werden, in Ruhe und Frieden lebte.

Unten in der Hölle erfuhr der Teufel, der den Wegweiser schon längst vergessen hatte, von den beiden glücklichen Paaren und sagte zu sich:

»Abscheulich! Wie konnte es nur dazu kommen?«

## Lektionen

Es war einmal ein scharfäugiger Papagei, der lebte bei einer närrischen alten Frau, deren Stolz und Freude er war. Er hieß Kolombo und war, statt bei Piraten, die ihm üble Redensarten hätten beibringen können, bei einem Geistlichen aufgewachsen, der ihm von klein auf Lektionen in einer völlig anderen Sprache erteilte. Er hatte den Geistlichen überlebt – Papageien können, wie man weiß, ein erstaunlich hohes Alter erreichen – und wohnte seitdem bei der alten Frau, wo er »Schatz, komm küß mich!« und ähnliche Dinge sagen lernte, womit er nicht weniger zufrieden war. Dennoch war Kolombo alles andere als eine Memme. Er war kräftig und gewitzt und schätzte es, wenn die Dinge ihre Ordnung hatten. Und damit es auch so blieb, saß er den ganzen Tag über auf seiner Stange im Fenster des Häuschens der alten Frau und hielt aufmerksam Wache.

Das Häuschen lag an der Hauptstraße, und von morgens bis abends zogen Karren und Frachtwagen, Leute auf Pferden oder Mauleseln oder einfach zu Fuß vorbei, unterwegs von hier nach dort und weiß der Himmel wohin. Kolombo beobachtete alles. Kam jemand vorbei, der ihm verdächtig erschien, rief er: »Oh-ho!« oder: »Aufgepaßt!« oder manchmal sogar: »Türen schließen!«

Doch wo Kolombo war, waren Schlösser überflüssig. Wie er mit offenen Augen, denen nichts entging, im Fenster saß, war er verläßlicher als jedes Schloß, jeder Riegel und sogar als jeder Wachhund.

Eines Tages kam, verkleidet als fahrender Musikant mit einer Fidel unterm Arm, wie zufällig der Teufel die Straße entlang. Kolombo mit seinen scharfen Augen durchschaute die Kostümierung und kreischte: »Der Teufel! Der Teufel! Feuer, Flut und Pestilenz! Rette sich, wer kann!«

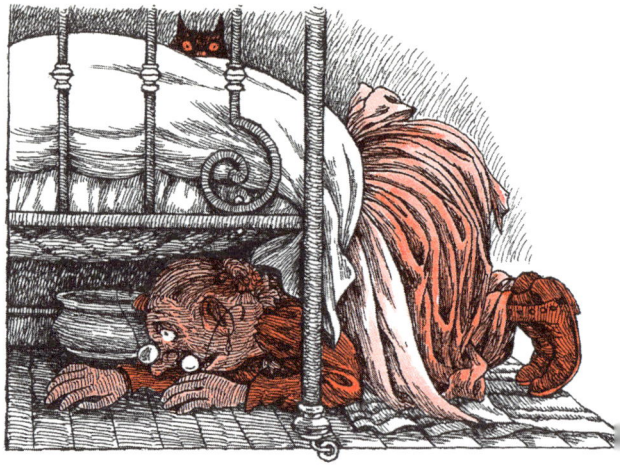

Während er kreischte, schlug er furchterregend mit den Flügeln, hüpfte auf und ab und veranstaltete ein solches Spektakel, daß die alte Frau unters Bett krabbelte.

Der Teufel blieb mitten auf der Straße stehen.

»Scht!« zischte er Kolombo an. »Sei still, elender Vogel – du verdirbst ja alles.«

Doch Kolombo wollte nicht still sein. Er flatterte aufgeregt, sträubte seine Federn in alle Richtungen und kreischte weiter mit gellender Stimme. Die Leute auf der Straße rannten natürlich in höchstem Alarm und größtem Durcheinander davon. Pferde bäumten sich auf, Karren stürzten um, und selbst die Maulesel hatten es plötzlich eilig. Bald war niemand mehr da außer dem Teufel, der sich, mit seiner Fidel unterm Arm, ziemlich einsam und dämlich vorkam.

»Zur Hölle mit dir!« sagte der Teufel. »Die Tour hast du mir vermasselt. Weit und breit keine Seele mehr in Sicht!«

Kolombo beruhigte sich. Er schloß ein Auge und sagte:

»Feiner Vogel!«

»Du da«, sagte der Teufel, »soll ich dir deinen Schnabel im Staub zertreten?«

»Bibeln«, sagte Kolombo so trocken wie deutlich.

Der Teufel wich einen Schritt zurück.

»Was?« fragte er überrascht.

»Kirche«, sagte Kolombo. »Kirche und Kapelle. Und Kathedrale.«

Der Teufel wich noch weiter zurück.

»Pastor«, sagte Kolombo. »Und Priester. Pastor, Pfarrer, Priester und Prediger. Und Papst!«

»Huh!« sagte da der Teufel schaudernd, hüllte sich in eine Rauchwolke und kehrte schnurstracks in die Hölle zurück.

Bald war die Straße wieder voller Leben, und die alte Frau krabbelte unter dem Bett hervor und buk weiter Brot. Kolombo aber saß auf seiner Stange und putzte sein Gefieder, doch hielt er weiter die Augen offen, denn so selbstzufrieden war er nicht, daß er seine Pflicht vernachlässigt hätte.

Drunten in der Hölle zertrat der Teufel seine Fidel im Staub und sagte zu sich:

»Man sollte diesem Vogel eine Lektion erteilen.«

Doch hatte das, wie wir wissen, längst jemand getan, Gott sei Dank.

# Fall und Aufstieg
# eines Mannes namens Tauchbein

Es war einmal ein kleiner, rührender Niemand von einem Mann namens Tauchbein, der war nicht ganz richtig im Kopf, denn er hielt sich für jemand anderen – einen berühmten Opernsänger seiner Zeit mit Namen Doremi Faso. Keiner wußte, wie Tauchbein auf diese fixe Idee gekommen war. Obwohl er manchmal selbstvergessen vor sich hinsummte, hatte er doch nie in seinem Leben einen Ton gesungen, außerdem war nicht zu übersehen, daß er klein und rührend, der wirkliche Doremi Faso aber das glatte Gegenteil war: ein Mann von Gestalt und Gewicht eines Walrosses und der Selbstgefälligkeit mehrerer Pfauen. Dennoch hielt Tauchbein unerschütterlich daran fest, daß sie ein und derselbe seien.

Faso war zwar berühmt, doch eigentlich kein guter Sänger. Seine Stimme war laut und tief, doch laut und tief wie die eines Elchs am Grunde eines Brunnens. Er war nur deshalb berühmt, weil irgendein Wichtigtuer einmal schwarz auf weiß und in einer richtigen Zeitung verkündet hatte, er sei ein guter Sänger. Danach wagte niemand mehr zu behaupten, daß er es nicht sei. Doch Tauchbein wußte davon nichts. Er war einfach überzeugt, daß er Faso sei und Faso er, und noch soviel Gerede konnte seine Meinung nicht ändern.

So verhielt es sich und nicht anders, und das eine ganze Weile lang. Eines Nachts jedoch setzte Faso in der Oper seinem Leben ein jähes Ende, als er sich einen hohen Ton zu erreichen bemühte, der ihm nicht gegeben war. Er tauchte, selbstgefällig wie eh und je, umgehend in der Hölle auf und startete dort eine lange Konzertserie. Unterdessen wurde in den Zeitungen von seinem Tod berichtet. Als Tauchbein das las, war er sehr verwundert.

»Was soll das bedeuten?« fragte er. »Hier bin ich doch, der große Doremi Faso, gesund und munter wie eh und je. Wie können die behaupten, daß ich tot bin?«

Das Rätsel nahm ihn so gefangen, daß er, brabbelnd und gestikulierend, auf eine Brücke geriet, die über einen reißenden Fluß führte. Und ehe er sich's versah, hatte er sich über den Rand der Brücke ins Wasser hinabgestikuliert und ertrank mit einem Brabbeln auf den Lippen. Die Zeitungen nahmen keine Notiz von diesem zweiten

Verlust. Sie brachten statt dessen einen Bericht über einen Mann, der sich einen vier Fuß langen Schnurrbart hatte wachsen lassen.

Als Tauchbein von der Brücke fiel, wurde im Himmel kurzfristig eine Konferenz anberaumt. In ihr wurde beschlossen, daß Tauchbein besser erst einmal in die Hölle käme, damit ihm klipp und klar werde, wer er sei. Denn im Himmel wird es lieber gesehen, wenn man in solchen Dingen mit sich im reinen und ohne weitergehende Ansprüche ist. Also traf Tauchbein wenig später, immer noch brabbelnd und naß vom Scheitel bis zur Sohle, vorm Tor zur Hölle ein. Man führte ihn vor den Teufel.

»Wen haben wir denn da?« sagte der Teufel.

»Ich bin's«, sagte Tauchbein, »der große Doremi Faso.«

»O nein, nicht doch«, sagte der Teufel. »Den haben wir hier schon. Über dich bin ich im Bilde. Du bist Tauchbein und kein anderer, außerdem tröpfelst du mir den Teppich voll.«

»Mein Herr«, sagte Tauchbein und reckte sich so hoch, wie er nur konnte, »ich bin nicht Tauchbein. Ich heiße Doremi Faso. Von meinem Tod wurde in allen Zeitungen berichtet.«

Der Teufel setzte eine gequälte Miene auf.

»Tauchbein«, sagte er nachsichtig, »du bist nicht ganz richtig im Kopf. Hör mal gut zu! Du bist hier unten fehl am Platz, und wir wollen dich auch gar nicht behalten. Du bist viel zu klein und rührend. Doch ich wurde in Kenntnis gesetzt, daß du bleiben mußt, bis du in der Angelegenheit deiner Identität die Wahrheit erkannt hast. Also sage ich dir noch einmal deutlich: Du bist nicht Doremi Faso. Der wahre Doremi Faso hält sich schon seit einer Woche hier unten auf. Gerade jetzt gibt er wieder ein Konzert.«

»Das glaube ich nicht«, sagte Tauchbein.

»Dann komm und überzeuge dich«, sagte der Teufel.

Sie gingen zum Konzertsaal. Und dort auf der Bühne stand der wirkliche Doremi Faso. Er röhrte irgendwelche Arien und warf sich in bemerkenswerte Positionen. Doch alle Sitzreihen waren leer, nicht eine einzige Seele hörte ihm zu, und es

spielte kein Orchester. Alle Instrumente schwiegen. Nur bei einem hohen Ton Fasos erzitterten klagend die Saiten eines Cellos, das in einer Ecke lehnte.

»Siehst du es nun ein?« fragte der Teufel.

Doch Tauchbein sagte:

»Das kann nicht Faso sein. Der Mann dort oben ist ein miserabler Sänger. Und außerdem hört ihm niemand zu. Die Leute kommen in Scharen, um den großen Faso singen zu hören.«

»Nicht hier unten«, sagte der Teufel zufrieden. »Hier unten kommt nie jemand.«

»Nach meinem Dafürhalten, verzeiht«, sagte Tauchbein, »ist der Sänger dort auf der Bühne ein Hochstapler.«

»Tauchbein, du bist ein Dickschädel«, sagte der Teufel. »Nun gut! Wir werden ein Konzert von *dir* ankündigen. Für morgen, wenn du wieder ganz trocken bist. Dann werden wir ja sehen, wer hier wer ist.«

Am folgenden Nachmittag war der Konzertsaal proppenvoll und dröhnte von Gelächter und Palaver, während in den Gängen Verkäufer Erdnüsse und Bier feilboten. Im Orchestergraben stimmten die Musiker unter entsetzlichem Gezwitscher, Geblök und Gekratze ihre Instrumente. Es war ein rechtes Höllenspektakel, und inmitten dieses Lärms ging der Dirigent hinauf zu Tauchbein, der hinter den Kulissen wartete, und sagte:

»Nun – was wollt Ihr vortragen?«

Und Tauchbein sagte:

»Aus meiner Seele tiefem Grund...«

Der Dirigent zog ein Gesicht.

»Das wird der Teufel nicht besonders mögen«, sagte er, »aber bitte, da Ihr es wünscht, soll's uns recht sein.«

Er verließ Tauchbein, und als er wieder unten im Orchestergraben erschienen war, hob er den Taktstock. Die Kronleuchter verloschen, und im Dunkel des großen Konzertsaals kehrte Ruhe ein. Tauchbein erschien voller Selbstvertrauen auf der Bühne. Hinab sauste der Taktstock, auf stieg die Musik, in der die Flöten und Geigen um die Stimmführung rangen, und Tauchbein hub zu singen an:

»Aus meiner Seele tiefem Grund
die Liedlein steigen kunterbunt
wie flatternd junge Vögelein...«

Noch nie zuvor hatte er einen Ton gesungen. Seine Stimme erklang klein und rührend, nicht laut und tief wie die Fasos, und als er bis »wie flatternd junge Vögelein« gekommen war, brach er ab und war nicht mehr in der Lage, auch nur einen Piep hervorzubringen. Die Wahrheit blähte sich in seinem Herzen auf wie ein großer Ballon, zerplatzte und ließ ihn erschöpft und fassungslos zurück.

»Ach, sie haben recht«, schrie es in ihm. »Ich bin nicht der große Doremi Faso!«

Die Leute im Zuhörerraum erhoben sich, sie lachten ihn aus und bewarfen ihn mit Erdnüssen, und als sie dessen überdrüssig wurden, verließen sie einer nach dem anderen den Saal, um sich wieder ihren eigenen Angelegenheiten zuzuwenden. Selbst die Musiker und der Dirigent entfernten sich und ließen Tauchbein einsam und betrübt mitten auf der Bühne zurück.

»Ich glaube«, sagte er laut, »daß ich doch nur Tauchbein bin.«

Kaum waren diese Worte über seine Lippen gekommen, schoß ein Lichtstrahl empor. Tauchbein wurde unsichtbar, verschwand einfach und ward nie wieder in der Hölle gesehen.

Als das dem Teufel berichtet wurde, sagte er:

»Gut! Das wäre also geschafft.«

Tauchbein singt jetzt unter seinem eigenen Namen im Himmel. TAUCHBEIN steht auf den

Plakaten, und die Leute kommen in Scharen, um ihn zu hören. Er ist dort berühmt für die Lieder, die eine kleine, rührende Stimme erfordern, und die Flöten und Geigen erklingen dazu ganz wunderhübsch.

Ach ja, und noch etwas ist zu berichten. Der echte Doremi Faso gibt immer noch täglich ein Konzert in der Hölle, und schließlich hat sich doch noch Publikum eingefunden – ein Walroß und mehrere Pfauen. Sie verbrauchen jedesmal gewaltige Mengen an Erdnüssen, doch die Musik scheint ihnen zu gefallen.

# Eine deutliche Sprache

Eines Nachmittags hielt der Teufel im Thronsaal ein Nickerchen, als ihn ein entsetzliches Gezeter draußen in der Vorhalle in die Höhe fahren ließ.

»Was soll das?« wetterte er. »Kann man hier nicht eine Minute Ruhe haben?«

Die Tür zum Thronsaal öffnete sich, und ein Unterteufel steckte den Kopf herein.

»Verzeiht«, sagte der Unterteufel, »aber wir haben hier zwei Eingänge, die mich mit ihren Anmeldeformularen zur Verzweiflung bringen.«

»Führ sie herein!« sagte der Teufel düster. »Ich werde ihnen schon Bescheid stoßen.«

Der Unterteufel brachte die beiden, führte sie vor den Teufel, und der erste, ein zerlumpter, niederträchtiger Halunke, sperrte Mund und Nase auf und sagte:

»Ich glaub, ich werd zur Minna! Das ist doch der olle Hinkefuß persönlich!«

Und der zweite, ein langnasiger Herr, riß die Augen auf und sagte:

»Ach du meine Güte – ich stehe vor Luzifer!«

Nun mag der Teufel keine Phantasienamen wie Luzifer; er zieht es vor, schlicht »der Teufel« genannt zu werden, oder hin und wieder »Seine Fürstliche Durchlaucht«. Und ganz entschieden hat er eine Abneigung gegen alle Respektlosigkeiten, von denen »oller Hinkefuß« ja nur eine ist. Er schaute die beiden finster an und sagte:

»Mal gut aufgepaßt – ich mag es, wenn es in der Hölle friedlich zugeht. Spektakel und Streit können wir hier nicht gebrauchen.«

Worauf beide gleichzeitig:

»Aber...«

»Werdet ihr wohl eine Sekunde abwarten können?« sagte der Teufel gereizt.

Er wandte sich dem Unterteufel zu:

»Was hast du über das Pärchen soweit feststellen können?« fragte er.

Der Unterteufel sah in dem Papierstoß nach, den er mitgebracht hatte.

»Der da«, sagte er und wies mit seinem Stift auf den Halunken, »befindet sich hier wegen Taschendiebstahls. Und der dort« – er zeigte auf den langnasigen Herrn – »ist wegen der Sünde des Hochmuts hier unten. Und weil er Bücher geschrieben hat, die niemand verstehen kann.«

»Ja, und?« sagte der Teufel. »Das klingt doch alles ganz plausibel. Wo liegt das Problem?«

»Es handelt sich nicht um ihre Sünden«, sagte der Unterteufel. »Die sind schon seit Jahren hier aktenkundig. Es handelt sich um das, was oben geschah und beiden den Garaus machte, versteht Ihr? Ihre Geschichten *dazu* kann ich nicht in Einklang bringen.«

»Ah ja«, sagte der Teufel. »Verstehe.«

Er wandte sich den beiden Wartenden zu, die einander haßerfüllt anstarrten.

»Du da«, sagte er zu dem Halunken. »Wie lautet deine Geschichte?«

»Ich weiß nur«, sagte der Halunke mit weinerlicher Stimme, »daß ich auf 'er Piste war, geschäftlich, versteht sich, als mich auf einmal der Lackaffe hier anmacht und zeter und mordio zu schreien anfängt, daß ich denk, mir fallen die Ohren ab. Brüderchen, sag ich mir, der Onkel hat 'ne Meise, also verduft ich mir. Aber der wetzt mir nach, wir

alle beide koppheister über'n Rinnstein in die Gosse, und zack, die Birnen ramponiert – na ja, so sind wir eben hops gegangen. Das nächste, was ich spanne, ist, daß ich hier steh wie Piksieben, völlig groggy, und der kommt wieder angewanzt, der miese Kunde, und will mir die Schuld unter die Weste jubeln.«

»Wie bitte?« sagte der Teufel.

»Wenn Sie die Güte hätten«, krächzte der langnasige Herr, »was vonstatten ging war dieses, daß jener verwahrloste und entsittete Analphabet von meinem Portemonnaie Besitz zu ergreifen sich anheischig machte, was ich, im ultimativen Augenblick gleichsam, bemerkte. Im Verlaufe meines Bemühens, ihn zu ergreifen, scheinen wir beide über eine Bordsteinkante gestrauchelt zu sein, was Frakturen sowohl als Kontusionen zur Folge hatte – ich stellte mithin fest, daß ich meines Lebens – und meines Hutes! – auf ebenso abrupte wie inkommodierende Weise verlustig ging, weshalb man es mir nicht zum Vorwurf machen wird, wenn ich höchst enragiert reagiere.«

»Wie bitte?« sagte der Teufel.

»Ich glaube, die beiden meinen...« begann der Unterteufel.

»Ich weiß schon, was sie meinen«, sagte der Teufel. »Der da versuchte sich bei dem da als Taschendieb. Schreib es einfach genauso auf!«

»Nun mach aber einen Punkt!« schrie der Halunke. »Ihr sitzt hier alle Mann auf'm falschen Dampfer. Okay, ich war auf Filztour, warum nicht, ist schließlich mein Metier. Aber ich war nicht hinter diesem armseligen, ausgemisteten Knochengerüst her, nicht ums Verrecken! Die Sorte kenn ich. Großkotz ohne Knete, da wett ich 'ne Pulle Klärchen. Schnorrer wie der haben nie auch nur 'n Pimperling in der Tasche. Mit dem Hut in der Hand könnt ich durch die Gegend latschen, hätt ich für so was nicht 'nen Riecher.«

»Wie bitte?« sagte der Teufel.

»Er meint...« versuchte es der Unterteufel wieder.

»Ich weiß, was er meint«, sagte der Teufel. »Er meint, daß er sich bei dem anderen nicht als Taschendieb versucht hat. Ein Mißverständnis! Also schreib es einfach genauso auf!«

»Bei allem, was recht ist!« stieß der langnasige Herr hervor. »Ich muß entschieden opponieren! Ich gebe zu Protokoll, daß ich die schmutzige Pfote dieses Kapitalverbrechers nach meinem Geldbeutel fingern sah. Ich habe nicht die Angewohnheit, Evidenz, noch dazu aus eigener Observation zwingend resultierende, fehlzudeuten. Selbst die durchschnittlichste Intelligenz muß doch zu der Erkenntnis gelangen, daß dieser Bursche ein radikaler Rabulist ist.«

»Versteht Ihr jetzt, was ich vorhin meinte?« sagte der Unterteufel zum Teufel.

»Ich verstehe«, sagte der Teufel.

Der Halunke rückte ein bißchen näher zum Teufel.

»Hört mal zu, Euer Gnaden«, sagte er. »Ich will Euch nicht verhohnepipeln und versuch auch nicht, Euch zu belatschern. Aber es geht über meinen Grips, wie ein ausgebuffter alter Knabe wie Ihr dermaßen danebenliegen kann, wenn's darum geht, was Sache ist von Heckmeck zu unterscheiden. Ich meine nur, der unterbelichtete Fatzke quasselt doch 'nem Eisenpott die Henkel weg. Alles erstunken und erlogen! Könnt's mir glauben.«

Der langnasige Herr trat nun seinerseits vor.

»Ich bin mir der Tatsache bewußt«, sagte er hochmütig, »daß ich mich auch unter Aufbietung aller Phantasie nicht im Paradiese befindlich wähnen kann. Und es mag sein, daß es naiv von mir wäre, an diesem Ort Unparteilichkeit zu erwarten. Bleibt mir also einzig, zu insistieren, daß ich beobachtete, was ich beobachtete, und ich beobachtete, daß dieser ungeschickte Brigant mich zu berauben versuchte.«

Die Augen des Halunken wurden zu engen Schlitzen.

»Nun halt mal die Luft an, du Pinscher!« sagte er in drohendem Ton. »Ungeschickt soll ich sein?

Nur weil du zuviel Grütze im Kopf hast, mußt du nicht gleich den Bogen überspannen. Hast du etwa schon beobachtet, wie ich meine Nummer abziehe. Selbst wenn ich 'nem Knicker wie dir in die Tasche fassen würde, zu schnappen kriegte der mich lange nicht. Geht's um Langfinger, bin ich der King auf'm Kiez. Niemand wird mich je zu schnappen kriegen. Also spiel endlich Sag-die-Wahrheit oder halt den Rand.«

Das Gesicht des langnasigen Herrn lief dunkelrot an.

»Mein Herr«, sagte er mit erstickter Stimme, »Ihre Impertinenz übersteigt alles Erträgliche. Ich würde Ihren Aussagen nicht die Ehre der Widerlegung erweisen, hätte ich nicht einen so hohen Respekt vor der Wahrheit. Und die einfache, ungeschönte Wahrheit ist, daß Sie versuchten, ein Schwerverbrechen zu begehen.«

Der Teufel klatschte in die Hände, daß es knallte wie ein Pistolenschuß.

»Das reicht!« sagte er. »Ich habe genug gehört. Die einfache, ungeschönte Wahrheit ist, daß es hier nur ein Verbrechen gibt: keiner von euch beiden kann einen einzigen klaren Satz sagen.«

Woraufhin ihn beide entgeistert anstarrten und sagten:

»Was?«

Der Teufel wandte sich dem Unterteufel zu.

»Schreib auf«, sagte er, »was wirklich geschah: Sie stolperten beide über ihre Zunge.«

Der Unterteufel nickte.

»In Ordnung! Und was soll ich unter ›Strafe‹ einsetzen?«

Zum ersten Mal lächelte der Teufel.

»Wir werden sie gemeinsam in ein Zimmer stecken, das nur für eine Person gedacht ist«, sagte er. »Und dort werden sie bleiben, bis hier unten alles zu Eis gefriert.«

So wurden die zwei abgeführt, beide vor Schreck nur mehr lallend.

Der Unterteufel faltete seine Papiere zusammen.

»Diese Strafe«, sagte er zum Teufel, »ich muß sagen, dafür bewundere ich Euch.«

»Zuviel der Ehre!« sagte der Teufel und lehnte sich zurück, um sein Nickerchen fortzusetzen. »Es war die deutlichste Sprache, die ich sprechen konnte.«

## Das Ohr

Es gab vor vielen, vielen hundert Jahren einmal eine törichte Sippe, Pelemele genannt, die hatte es sich in den Kopf gesetzt, auf einer Hügelkuppe ein riesiges Idol aus Stein zu errichten. Als es fertig war, setzten sie sich darum herum und sangen ihm Gesänge, die sich allesamt wie »summ, summ, summ« anhörten, und brachten ihm wilde Rüben, die in der Gegend wuchsen, zum Opfer dar. Das Idol hatte den Kopf eines haarlosen Mannes mit Ohren so groß wie Waschzuber, und sein Körper glich dem eines sitzenden Pferdes. Es braucht wohl nicht eigens erwähnt zu werden, daß das Idol überhaupt keine Rüben mochte – und übrigens auch sonst nichts. Die in Haufen herumliegenden Rüben verfaulten deshalb und rochen ziemlich widerwärtig. Dennoch stapelten die Pelemele immer neue Rüben auf die alten und glaubten, daß Gutes davon kommen würde. Es kam jedoch gar nichts, und eines Tages gab es ein kleineres Erdbeben, und das Idol kippte um. Sein Körper barst in Stücke, und der Kopf brach ab, rollte wie ein Findling den Hügel hinunter und kam erst in der Ebene zum Stillstand. Die Pelemele verloren darüber die Fassung. Sie hielten es für ein böses Omen und luden sich ihre Kessel und Speere und Babys auf den Rücken und wanderten ab. Keiner weiß genau wohin, doch das tut nichts zur Sache, denn sie waren, wenn auch der Teufel über sie frohlockte, allesamt sehr töricht, und man war froh, sie wieder los zu sein. Der Kopf des Idols jedoch blieb zurück, und die Erde deckte ihn allmählich zu, bis er schließlich, nach Hunderten von Jahren und einer

Anzahl weiterer kleiner Erdbeben, drei bis vier Fuß tief im Boden begraben lag.

Inzwischen ging es in der Gegend zivilisierter zu. Ein Dorf und viele kleine Bauernhöfe waren entstanden, und man baute Rüben an, weil sie dort so gut gediehen. Eines Tages trafen neue Leute ein und wählten sich Grund und Boden nahe der Stelle, wo der Kopf des Idols unter der Erde ruhte. Diese Leute waren ein Vater, eine Mutter und ihr langer, doch dröger Sohn Olaf. Sie bauten sich zuerst eine Kate und berieten als nächstes über den Platz für den Brunnen.

»Er sollte dort drüben sein«, sagte Olaf.

»Nein, hier«, sagte die Mutter, »bei der Hütte.«

»Nicht hier«, sagte der Vater. »Zu gefährlich! Olaf würde nur hineinfallen.«

»Würde er nicht!« sagte Olaf.

»Würde er, aller Voraussicht nach«, sagte die Mutter.

»Würde er nicht!« sagte Olaf, dessen Gefühle verletzt waren. »Ihr hört mich nie an.«

Und das stimmte. Sie taten es nie.

Doch wie dem auch sei, am Ende erhielt Olaf den Auftrag, den Brunnen genau an der Stelle zu graben, wo der Kopf des Idols in der Erde lag. Das Ausschachten dauerte seine Zeit, denn Olaf war zwar lang, doch nicht sehr kräftig, und seine verletzten Gefühle trieben ihn nicht gerade zur Eile.

»Sie hören mich nie an«, wiederholte er für sich allein und kratzte mit seiner Schaufel in der Erde herum. Doch so langsam er auch grub, irgendwann geriet er in die Tiefe, wo seine Schaufel knirschend auf Widerstand stieß.

»Felsen!« sagte Olaf.

Er fegte die Erde am Grund des Lochs zur Seite, um festzustellen, wie breit der Felsen wohl war, und dabei zeigte sich, nach all den Jahren und Erdbeben wieder ans Tageslicht gebracht, das Ohr des Idols der Pelemele, groß wie ein Waschzuber, dennoch ganz einwandfrei ein Ohr und alles in allem von niemandem erwartet.

Olaf kletterte aus dem Loch, blieb stehen und starrte lange, lange Zeit auf das Ohr hinab, so lange, daß sich schließlich sein Vater zu ihm gesellte.

»Warum gräbst du nicht, Olaf?« fragte er.

»Dort unten ist ein Ohr«, sagte Olaf.

»Was?« sagte der Vater.

»Ein Ohr«, sagte Olaf und zeigte in das Loch. »Dort unten.«

Also blickte der Vater hinunter und sah das Ohr, klar wie den lichten Tag, unten, am Grund des Lochs. Nun standen beide da und starrten.

Nach einer Weile spähte die Mutter aus dem Fenster der Kate und rief:

»Was in aller Welt macht ihr?«

Der Vater machte ihr ein Zeichen, und sie kam heraus und schaute ebenfalls in das Loch.

»Was ist das?« sagte sie.

»Es ist ein Ohr«, sagte der Vater. »Olaf hat es gefunden.«

»Es ist häßlich«, sagte die Mutter.

»Hüte deine Zunge!« sagte Olaf. »Es könnte dich hören.« Und wirklich erschütterte justament ein kleines Erdbeben den Boden, gerade kräftig genug, daß es sie in den Füßen prickelte.

»Es hat dich gehört«, sagte Olaf.

Darauf zogen sie sich in die Kate zurück, um sich unbelauscht zu beraten.

»Es ist ein gefährliches Ohr, das ist mal klar«, sagte die Mutter. »Wenn es die Erde erbeben lassen kann!«

»Sieht ganz so aus«, sagte der Vater. »Was sollen wir tun? Was meinst du?«

»Ich meine«, sagte die Mutter, »wir sollten es zudecken. Das Loch wieder auffüllen.«

»Nein«, sagte Olaf. »Das Ohr gehört mir. Ich habe es entdeckt, und ich mag es.«

»Deck es zu, Olaf!« sagte der Vater. »Es ist der einzige Ausweg. Geh hinaus und füll das Loch wieder auf!«

»Nie hört ihr mich an, nie, nie, nie«, sagte Olaf.

Er ging wieder hinaus zu dem Loch und blickte auf das Ohr hinab.

»Summ, summ, summ«, sang er gefühlvoll, aber leise, damit ihn außer dem Ohr niemand hören konnte.

»Füll das Loch auf, Olaf!« rief der Vater aus der Kate.

Olaf hob die Schaufel auf und tat, als würde er beginnen. Als ihn aber niemand mehr beobachtete, nahm er einige Bretter, die vom Bau der Kate übriggeblieben waren, legte sie quer über das Loch und deckte sie mit Erdreich zu, so daß es aussah, als hätte er getan, was man ihm aufgetragen hatte. Und dann grub er den Brunnen an einer ganz anderen Stelle, auf der gegenüberliegenden Seite der Kate.

Wochen vergingen ohne weitere Erdbeben. Olaf, seine Mutter und sein Vater pflügten ihr Feld und setzten Rüben. Das Ohr erwähnten sie nicht mehr. Doch jede Nacht, wenn die alten Leute schliefen, schlich Olaf hinaus, legte das Ohr frei und sprach zu ihm. Er teilte ihm seine Sorgen und Nöte mit und vertraute ihm all seine Gedanken über das Leben und die Welt an. Das Ohr, vom Mondlicht beleuchtet, das in das Loch fiel, lauschte jedem seiner Worte. Und jede Nacht sang Olaf ihm leise und gefühlvoll sein »summ, summ, summ«, bevor er es wieder abdeckte. Rüben reichte er ihm niemals, denn Olaf war nicht so töricht wie die Pelemele.

Diese mitternächtlichen Zusammenkünfte mit dem Ohr taten Olaf gut. Er gewann an Selbstvertrauen. Er ging aufrechter und war nicht mehr annähernd so dröge wie zuvor.

»Seit wir hierher kamen, hat sich Olaf verändert«, sagte der Vater zur Mutter. »Er wird jetzt ein richtiger Mann.«

»Frische Luft, harte Arbeit und gesundes Essen«, sagte die Mutter, die gerade Rüben auf dem Herd stehen hatte. »Weg vom Schürzenzipfel! Das ist es!«

Man sieht, sie hatten überhaupt nichts begriffen.

Eines Nachts, als Olaf bei Mondlicht draußen

war, zum Ohr sprach und ihm seine Träume für die Zukunft schilderte, erwachte seine Mutter, trat zum Fenster und sah ihn.

»Olaf!« rief sie. »Was um alles in der Welt machst du da?«

»Puh!« sagte Olaf zu dem Ohr. »Das Spiel ist aus, fürchte ich.«

Doch keineswegs! Kaum hatte er die Worte gesprochen, da erschütterte ein mehr als nur kleines Erdbeben das Land so heftig, daß man die Gegend für einen einzigen Staubwedel hätte halten können. Die Kate brach zusammen und so auch die Mutter, und im Brunnen auf der gegenüberliegenden Seite stürzten die Mauern ein. Der Vater erhielt einen Stoß gegen das Knie, als der Herd umkippte. Nur Olaf, der nebem dem Ohr stand, war nicht einmal umgepurzelt, und die Wände des Lochs hielten stand.

Am nächsten Tag, nachdem sie sich wieder beruhigt hatten, sagte die Mutter:

»Das war ein böses Omen. Wir täten gut daran, diesen Ort zu verlassen. Er taugt nichts.«

Und der Vater sagte:

»Olaf, pack ein, was noch heil ist! Wir ziehen fort.«

»Ich werde packen«, sagte Olaf, »aber ich bleibe. Mir gefällt es hier.«

Und zum ersten Mal hörten sie ihn an.

»Aber Olaf«, sagte die Mutter, »wie willst du ohne uns zurechtkommen?«

»Ich werde zurechtkommen«, sagte Olaf. »Ich werde sogar sehr gut zurechtkommen. Es ist an der Zeit.«

Und es war an der Zeit. Olaf kam zurecht. Er sagte Mutter und Vater Lebewohl und ließ sie ziehen. Die Kate baute er wieder auf und grub einen neuen Brunnen. Dann rupfte er alle Rüben aus, baute statt dessen Mangold an und wurde ein erfolgreicher Bauer. Für das Loch mit dem Ohr zimmerte er eine runde Abdeckung und sagte den Leuten, daß es ein ausgetrockneter Brunnen sei, von dem sie sich fernhalten sollten, was sie auch taten, weil sie keinen Grund hatten, es nicht zu tun.

Und jede Nacht, ausgenommen es regnete, ging Olaf im Mondlicht hinaus und erzählte dem Ohr von seinen Hoffnungen und Freuden. Und Nacht für Nacht lauschte es jedem seiner Worte.

# Bio-Bibliographie

*Natalie Babbitt*, 1932 in Dayton, Ohio geboren, lebt heute in New York. Sie ist Autorin mehrerer Kinderbücher, die sie zum Teil selbst illustriert. Auf deutsch ist *Nellie die Mondscheinkatze* erschienen; bekannt wurde sie mit der Erzählung *Tuck Everlasting* (1975), für die sie den renommierten »Christopher Award« erhielt. Ihre Werke wurden in den USA mit zahlreichen Preisen ausgezeichnet.

*Tatjana Hauptmann* wurde 1950 in Wiesbaden geboren. Die in Zürich lebende Autorin schrieb mehrere Kinderbücher. Mit dem Bilderbuch *Ein Tag im Leben der Dorothea Wutz* (1985) wurde sie berühmt. Sie illustrierte u.a. Werke von Saki, Mark Twain, Lawrence Sterne und Chesterton. Bei Hanser erschien mit ihren Illustrationen *Heimliche Hexen* (1989).

In gleicher Ausstattung sind erschienen:

# Heimliche Hexen

9 herzlose Märchen mit unheimlichen Zeichnungen von Tatjana Hauptmann.
208 Seiten mit vielen farbigen und schwarz-weißen Illustrationen

Sind Hexen ohne Besen stillos? Jedenfalls sind sie schwer zu erkennen. Was moderne Hexen auszeichnet – die meisten sehen ziemlich normal aus –, dieser Frage gehen in neun herzlosen, unheimlichen, halb bitteren und halbseidenen Märchen Janina David, Joan Aiken, Barbara Noack, Keto von Waberer, Ilma Rakusa, Angelika Klüssendorf, Barbara König, Mary de Morgan und Saki nach. Tatjana Hauptmann hat die Geschichten aufs wunderbarste und unheimlichste ins Bild gesetzt. Wer sich nun nicht verhexen lassen will, ist selber Hexe.

Bernard Evslin
# Zeus & Co.

Göttliche Geschichten aus der griechischen Mythologie.
176 Seiten mit vielen farbigen und schwarz-weißen Bildern
von Rotraut Susanne Berner

An Neid und Eifersucht, Herrschsucht und Untreue, Erpressung und Bestechlichkeit können es die griechischen Götter mit jedem modernen Herrscherhaus aufnehmen: Vatermord und Bruderzwist, abenteuerliche Verwandtschaftsbeziehungen und Familienstreitigkeiten ohne Ende. Was man schon immer über die griechischen Götter wissen wollte, aber immer nachzulesen vergaß, erzählt Bernard Evslin neu, frech und ohne Rücksicht darauf, daß die Götter dabei öfter vom Olymp kippen. Und daß Götter und Helden, Zeus & Co. alle nicht von gestern sind, zeigen die witzigen Illustrationen von Rotraut Susanne Berner.

## Blaue Prinzen und andere böse Buben

Zehn ganz erstaunliche Märchen.
Von Anthony Armstrong, Hans Christian Andersen,
Rotraut Susanne Berner, Janina David, Peter Hacks,
Michael Krüger, Alan A. Milne, Zsuzsanna Gahse,
Oscar Wilde und Jacques Roubaud.
192 Seiten mit vielen farbigen und schwarz-weißen
Illustrationen von Rotraut Susanne Berner

Prinzen gibt es heutzutage immer noch. Und nach wie vor wimmelt die Welt von habgierigen Neidern, bösen Schwiegermüttern und mißgünstigen Brüdern. Nur die holden Maiden, die Zauberstäbe und anderen wunderbaren Untensilien gibt es schon lange nicht mehr. Kein Wunder also, daß es die modernen Prinzen in Märchen über blaue und über faule Prinzen, über Frösche und Schildkröten, die behaupten Prinzen zu sein, und über Feen, die Prinzen an der Nase herumführen, gar nicht leicht haben. Die heiter-ironischen Zeichnungen von Rotraut Susanne Berner zeigen, wie die Welt der modernen Märchen kopfsteht.